Блажь

AF199121

Ольга Таирова

Блажь

повесть

© 2019 Olga Tairowa

Herstellung und Verlag:
BoD – Books on Demand, Norderstedt

ISBN 9783748175520

... Мы живём для трепета тоски ...

К Вам душа так радостно влекома
Максимилиан Волошин, 1910

1

Стояло уже которое по счёту лето кризиса, пышно цвели розы. Вера и её муж совершали прогулку, как и каждый вечер. Верин муж был немец.

Они жили в уютном курортном городке на юге Германии, жили уже пятый год вместе, и казалось, знали друг друга вдоль и поперёк, как знают друг друга люди, делящие изо дня в день стол, постель и прочие удобства.

Так и ходили они по этому треугольнику: он готовил, любил Веру и после любви гладил рукой её тело, задумчиво разглядывая его, как энтомолог с интересом рассматривает редкий экземпляр малоизученного вида бабочки. Верин муж сам приводил в идеальный порядок и квартиру, зная, что, хотя после развода с первой женой ему стало это не по карману, это его ответственность как мужчины – иметь домработницу. Ему хотелось освободить Веру от быта совсем, разумеется, в корыстных целях – чтобы Вера могла и хотела больше быть с ним. Всегда по пятницам он чисто убирал те самые стол, постель и прочие удобства – просторную ванную комнату и гостевой туалет. Так уж у немцев заведено: и в небольших обиталищах положено им иметь туалет для гостей, ибо негоже гостям быть вхожими в пределы, где хозяйские тела бывают наги.

Вериного немца звали Ричард. Вообще-то по-немецки имя Richard звучит как Рихард, с мягко-произносимым „х", так, что получается „Рихярд". Но Вера, впервые прочитавшая его имя с монитора вместе с его посланием и предложением познакомиться, прочла его именно как „Ричард", и с того момента Рихярд так и остался для неё Ричардом, напоминая Вере смелого короля Англии, хоть и без бороды и усов.

Имя Ричард напоминало Вере и Юнатана Львиное Сердце из книжки Астрид Линдгрен, читанной ею в четвёртом классе. Вера уже и не помнила, за что именно Юнатана сравнивали с королем Ричардом в той повести, но хорошо помнила сказочный дух Долины Шиповника, укрытой туманом. Этот дух исходил от страниц книги с овальным штемпелем школьной библиотеки, и Вера читала и видела, как по долине на своих верных конях едет куда-то вдаль два брата Львиное Сердце. И была в этом всём трагическая и романтическая красота и красота самой юности.

Верин Ричард был на одиннадцать лет старше Веры, а ей вот только исполнилось тридцать шесть, и Ричард готов был бы носить Веру на руках, если бы знал, что такое бывает. В Германии же не бывает. Не принято. Только наши в Германии, когда женятся, следуют ритуалам ношения на руках и битья бокалов, обставляют свадьбы цветисто и громко, долго бибикая своими украшенными лентами кабриолетами. Ричард был сдержан, тактичен и, хотя и любил весёлую славянскую тягу к внешним эффектам и пышности, сам ею не обладал. Он был идеальным мужем не для свадьбы, а для будней – надежный, практичный, уравновешенный. Как весы в палате мер и весов, чья единственная судьба и назначение – точность.

Лишь в спальне становился Ричард томным гедонистом и куда-то девались его телесные зажимы, называемые культурой и воспитанностью. Он любил ласкать Веру страстно, наслаждаясь каждой секундой, умел извлекать из неё, как из скрипки, самые чистые ноты, сам ничего в музыке не понимая. Он опускался перед нею на колени и брал её бедра в свои руки как раскрытую книгу или партитуру, и ласкал то заповедное место, которое его в ней всегда так непреодолимо влекло. Потом он смотрел на неё, как на картину, и говорил ей, что она даже не знает, как он её любит. Он иногда мог даже заплакать, когда говорил, что любит её так, что ему больно. Больно ему было в области груди.

В остальное же время Ричард не умел быть необузданным и предпочитал словам дела, спокойствие и предсказуемость.

Они жили в одном из старых домов живописного пригорода, снимая верхнюю часть дома, в нижней же части квартировала страховая фирма, чьи клерки в количестве двух были всегда деловито-спортивны и вежливы. Видеться с ними приходилось довольно редко.

И вот Вера и Ричард шли среди пышно цветущих роз, вдоль старых могучих платанов, которые Вере всегда напоминали Одессу, и которые в Одессе за их наготу называют бесстыдницами. Ричард говорил Вере что-то о своей работе, о турбулентности фондовых рынков и астрономических размерах чьих-то всё растущих долгов, но Вера не слушала его и говорила „угу", как бывало, когда она думала о чём-то таком, чем не хотела с ним делиться.

Накануне с Верой произошла одна история. Вернее – завершился этап одной истории, которую Вера ни за что не стала бы с Ричардом делить. И теперь ей нужно было немножко отгороженности, приватности, которой Ричард лишал её, возвращаясь с работы и увлекая её на прогулку по бульварам с цветущими розами и к набережной спокойной речки.

Но сначала – то, что было сначала.

2

Вера Жданова родилась и выросла в маленьком городке в Украине, на окраине, там, где ветки яблонь, слив и вишен низко склоняются над простыми деревянными заборами и дают обильную тень. В их доме всегда была музыка; папа Веры, учитель музыкальной школы и душа любой компании, любил играть на аккордеоне. Дома он иногда, одетый совсем не по-концертному – в старые трико и майку, усаживался посреди кухни на табуретку и виртуозно играл „Тейк файв", „Ночи в Тунисе" или „Караван", и Вере казалось, что папка внутри этой музыки смеётся. Папке и правда нравилось иронично исполнять известные джазовые композиции, играя с ними, как кошка играет с мышкой, прежде чем её съест. Он вообще играл жанрами, превращая серьёзную джазовую фантазию в юмореску, а элегию в праздничный марш, и ему это всегда превосходно удавалось. Он видел, что Вера всегда тонко улавливает эту его игру в перелицовывание жанров и страшно этим гордился. А мама Веры работала старшей медсестрой в городском роддоме, и о ней было известно, что она умела успокоить любого плачущего младенца. Она просто ласково клала свою руку младенцу на животик, и он успокаивался и затихал, щуря свои невидящие ещё глазки и продолжая шевелить своим беззубым ротиком.

У Веры была старшая сестра, лишь на два года старше. Надя, так звали сестру, была в детстве болезненной, и потому Вера иногда ощущала себя даже старше своей сестры, которой всегда требовалось больше внимания и ухода. Ещё у них был брат Сергей, который был на десять лет старше Веры и который под самый занавес кампании в Афганистане погиб там при неустановленных, как им тогда сказали, обстоятельствах. Его тело доставили в закрытом гробу, и верины родители так больше и не увидели сына, уезжавшего год назад с обещанием обязательно привезти папке новый аккордеон YAMAHA. Вере было тогда десять лет.

За исключением музыкальной школы, в которую Веру отец привёл отец как в свой второй дом, и книг, которых у них в доме было много, Вера почти не знала других интересов. Она росла как бурьян, не требовала столько заботы, сколько требовала её сестра и её никогда не контролировали и не понукали, Вера в этом не нуждалась. Середнячок в школе, она играла на скрипке с усердием, но и лучшей ученицей в музыкальной школе всё же не была. Вера занималась музыкой больше для себя, чем для успехов на конкурсах, потому что чувствовала, что музыка даёт ей что-то важное, то, что победы на конкурсах никогда не дадут.

Дом, в котором они жили, был ещё домом вериного прадеда, и казалось, все три предыдущие поколения так и обитали где-то незримо в саду, в старой комнате с печкой и с пожелтевшими дагерротипными портретами предков и в сарае, который был починен всегда только с одной стороны.

Ждановы жили небогато. И когда Вере пришло время выбирать профессию, мама восстала против её идеи поступить в консерваторию, говоря мужу снизу вверх, с высоты своего небольшого роста:

— Вань, да кому сейчас нужны музыканты? Ты окинь жизнь взглядом чуть повыше своего аккордеона!

Верина мама стояла в натопленной кухне в пёстром халате, в переднике и в косынке на голове; на столе в большой кастрюле поднималось пасхальное тесто. Мукой был испачкан её лоб, и папа Веры наклонился и, вместо того чтобы продолжать спор, поцеловал жену в белый лоб, как ребёнка. И тут же, повернувшись к Вере, спокойно произнёс:

— А Вы, Вера Ивановна, запомните: в жизни гораздо важнее быть нужным самому себе.

На дворе стоял девяносто пятый год.

Своей неяркой славянской красотой Вера была похожа на мать. У неё был высокий лоб и ямочки на щеках. Однажды в Киеве, куда она ездила на музыкальный конкурс, её нарисовал один уличный художник, и, привезя портрет домой, Вера повесила его у себя в комнате. „Ну надо же! Он в тебе сходство с Натальей Белохвостиковой узрел. Только в молодости", — сказала мама, увидев рисунок.

Мама сопротивлялась вериной тихой, неагрессивной воле; через своих знакомых она вышла на знакомых в одном университете и договорилась о поступлении Веры на экономический факультет. Но Вера, не конфликтуя и не вступая в переговоры, которые казались ей бесполезными, без ведома родителей подала документы в одесскую консерваторию. Ей и самой вероятность поступления казалась призрачной. И в случае непоступления она готова была согласиться и на мамин вариант. Но только в этом случае.

Не то чтобы верин папа не понимал конъюнктуры. Ему было просто жаль вериных лет, которые она провела со скрипкой. Музыка объединяла его с дочерью, делала их ближе, и когда знакомые говорили ему, что Вера своей музыкальностью и чуткостью пошла в него, ему становилось приятно до щекотки в груди. После гибели сына он видел в Вере своё продолжение. А Надя была просто дочь.

И Вера поступила в консерваторию, хотя этого вместе в ней не ожидал никто: все привыкли думать, что поступают только свои, блатные, все были наслышаны о ВУЗовских неофициальных тарифах и сметах. Собирали Веру сначала радостно, но потом загрустили, вспомнив, как когда-то собирали в Афганистан Серёжу, как веселились на его проводах.

3

Время учёбы для Веры летело, как скорый поезд летит вдоль росистых лесных полос; осени сменялись зимами, потом снова звенели капели и цвиринькали горобчики, а по лужам, как по поверхности чая в чашке, дул холодком озорной весенний ветер.

На втором курсе весной Вера познакомилась с Валерой.

Вере казалось, что Валера воплощает в себе все качества мужчины её мечты. Ей хотелось, чтобы рядом с ней был то ли Робин Гуд, то ли герой постсоветских боевиков, ловко раскидывающий по углам бандитов, как мокрые валенки. Одним словом, дерзкий и смелый, который сможет защитить её, беззащитную, от каких-то мифических разбойников.

Выглядел Валера сногсшибательно. Крепкий и мускулистый, в нём было что-то от породистого жеребца, он умел обаять. Излучение мужской силы исходило от него почти ощутимо, казалось, даже с закрытыми глазами можно было кожей почувствовать его энергетическое поле, только войдя в комнату, где он был. Карие глаза, высокие скулы, крепкие руки... Вера млела в его присутствии и забывала себя.

Вера думала о Валере, что такой вот красавец с

умением обаять – это то, что в книжках раньше называлось «ловелас» или «дамский угодник», но интуитивно она понимала, что её Валере такие титулы немного не впору – не таков был его стиль, его стиль был... ну... попроще. Он играл на гитаре, умел манерно петь цыганские романсы и даже сам сочинял ладные такие романтические куплеты.

Познакомились они в ресторане для нуворишей, где она по вечерам иногда подрабатывала игрой на скрипке для публики с влажными губами и пальцами как сосиски. Нувориши много пили, курили и скалили зубы, когда слышали мелодии из репертуара своих мобильников, бархатные босановы или попурри на темы Битлз. Валера вёл там вечеринки. Он умел это делать артистично, помогая гостям развернуть души и стать ещё щедрее, чем они хотели казаться. И за эти его артистичность и обаяние хозяин заведения Валере хорошо платил. У парня из пролетарского района города Никополя не было выше мечты, чем эта работа и эти деньги.

Жизнь для Веры завертелась словно карусель. Валера охмурил её мгновенно и ей ничего больше в жизни не хотелось, только был бы рядом он. Она чувствовала, как медленно растворяется в нём, словно сахарный леденец во рту, теряя изначальную форму, и была зачарована самим этим незнакомым ей дотоле ощущением. Говоря с мамой по телефону, она замечала, каким малозначимым стал для нее её родительский дом, а мама чувствовала, что её девочка изменилась и волновалась и даже злилась от этого. Однажды до Веры долетел обрывок фразы, брошенной мамой папе, пока Вера говорила по телефону с Надей: „да что с ней говорить! Она же не в своем уме!"

Потом романтика встреч в кафе и прогулок по пустынным пляжам сменилась бурными и пронзительно-нежными ночами, и Вера наконец-то поняла, что конкретно они все имеют в виду, когда говорят „про это". Валера научил её делать любовь. Они даже не просто делали любовь, они её создавали, производили, как нечто почти осязаемое, что оставалось висеть в воздухе, даже когда вздохи затихали. Они не могли оторваться друг от друга и Вере казалось, что вот, свершилось, случилось то, что и должно было случиться, но случилось так внезапно, без предупреждения. И это что-то было никак не мельче масштабом, чем смена мирового порядка или вроде того. Вера жила на седьмом небе от счастья и в разговорах с мамой называла Валерку "очаровательным".

Вера тогда много думала о чувстве, поглотившем её без остатка. Это было большое, широкое и сильное чувство. Как река. Вера и играть начала по-другому. Сила и свобода появились в манере её игры.

Они сняли вместе квартиру, хотя родители Веры сопротивлялись – «как это просто съехаться с парнем, без ЗАГСа, а если дети пойдут?» Мама говорила Вере по телефону, что нужно ещё присмотреться, что, может, он и неплохой парень, но так просто это не делается. Но Валера взял своими мускулистыми руками верины узлы и вывез их из общаги, и они стали жить вместе в отдельной квартире на поселке Котовского. Далеко от центра, на трясучих маршрутках им приходилось постоянно ездить туда-сюда, но теперь они так рады были жить вместе и так рады были тому, что отпала необходимость прятаться по углам или просить приятеля одолжить комнату на час. Снять жильё в центре было бы значительно дороже, и они рассудили, что лучше будут тратить деньги на хорошую одежду и качественную еду. Вере не терпелось обустроить свой собственный, пусть и съёмный, быт.

Шло время, верина сестра Надя вышла замуж и уехала жить в Киев. Киев, как гигантский пылесос, втягивал в себя из маленьких городов и городишек густые потоки молодых и энергичных людей, жаждущих жизни. Надин муж работал агентом по недвижимости и хорошо зарабатывал. Мама Веры, сначала тосковавшая по обеим дочерям и переживавшая, как всегда, больше о Наде, успокоилась, узнав, что надин муж купил квартиру в Киеве, хоть на окраине, но зато свою. А вскоре у Нади родилась дочь Лиза и Вера стала и сама подумывать о том, как было бы здорово – поскорее окончить „консу", устроиться где-нибудь работать, а не шабашить, пожениться и завести детей. И чтобы дети были похожи на Валерку, такие же живые и красивые. И такие же излучающие обаяние, как лампочки излучают свет.

Вышло же всё иначе. Постепенно, незаметно бурная страстность их с Валеркой встреч начала иссякать и её подружки нет-нет, да и намекали Вере о том, что он от неё гуляет. Вера не верила. Не хотела слушать. Находила ему оправдания и особенно „понимала" подруг – они завидуют. Многие были без парней, некоторые встречались с женатыми, только бы не болтаться одиночками. А ей достался такой качественный, такой отборный экземпляр. Ну и что, что без образования? Ну и что, что без прописки? Зато с его энергией и умением убеждать и обаять он явно далеко пойдёт. И меня с собой возьмёт.

А Валерка был занят собой и в этом занятии ему была необходима публика. Излучать обаяние, нацелив его на одну только, пусть и такую милую женщину как Вера, был не валеркин размах. Он всё чаще где-то пропадал, выключая мобильник, а Вера ощущала собственное бессилие, словно была вынута из розетки. Она не расставалась с телефоном, как старики не расстаются с очками или таблетками. Иногда он звонил сам и говорил, мол, я приеду и тебя заберу, завтра едем в Затоку, там шашлык-машлык, классная компания... Но завтра он не появлялся, как не появлялся и послезавтра, а в понедельник, приходя в консу, она узнавала от какой-нибудь из подруг, что его видели в Аркадии с какой-то огненно-рыжей, „хоть прикуривай“, Геллой.

Спросить его, где он пропадает, означало бы создать конфликт. Ведь он всегда возвращался. Целовал её в нос, привозил её любимый сорт винограда – мускат и безумно вкусных импортных морских гадов, тискал Веру в своих крепких руках, как котёнка. Выяснять отношения Вера, надо сказать, не умела. Конфликтов боялась, потому что не умела ими пользоваться. К тому же она знала – он всегда найдёт правдоподобное объяснение своему отсутствию или опозданию: по работе он то тут, то там вёл корпоративы, вечеринки, дни рождения и пышные юбилеи замечательных и менее замечательных людей. Он был нарасхват, афиши, хоть и без его фото, но зато с его именем жирным шрифтом висели вдоль Большого Фонтана и на пляжах. Он стал теперь называться МС – Master of Ceremony; и к этим двум заграничным буквам на афишах присоединялась простая русская валеркина фамилия, создавая нетривиальный фонетический парадокс. Он приезжал домой всегда в отличном настроении и собой украшал и её жизнь, без него до отказа заполненную лишь конспектами, репетициями, разучиванием партий.

А на пятом курсе Вера забеременела.

Она не сразу обратила внимание на задержку, и только когда уже точно была уверена, сказала Валерке, что у него будет сын.

Он только что пришёл с улицы, с дождя, был голоден и теперь поедал аккуратно спелёнутые и сочные верины голубцы.

Он вытер вилку салфеткой и сосредоточенно положил её прямо по диагонали квадрата на клеёнке, словно речь сейчас шла о вилке, и для начала её нужно было правильно разместить и внимательно рассмотреть.

– Но это же пока не точно? – спросил Валерка, не глядя на Веру. Вилка зубцами упиралась в синие клеёнчатые васильки.

– Да точно, точно. Две недели задержка, точнее не бывает. У меня такого не было никогда.

– И что мы теперь будем делать?

– Ничего. Дальше жить-поживать, добра наживать. Только втроём.

Валерка встал и вышел на балкон. Осень дохнула прохладой, взмахнув занавеской, разлилась по асфальту дождём и жёлтыми листьями. В соседской квартире громко и неуместно лупил бит, глухим фоном через стену гудели басы. Верины уши улавливали в этом ритме его плебейское происхождение и назначение. Стало холодно.

Вера ощутила этот холод всем телом, особенно почему-то животом, хотя в её теле ещё толком ничего не изменилось. Занавеска поколыхалась ещё немного, Валерка снова вошёл с холода и, глядя Вере прямо в глаза, проговорил:

– Нам рано иметь детей. Подумай сама, тебе всего

двадцать три. И подумай головой. Ты же говорила мне, что предохранялась.

И вышел, сняв ещё мокрую куртку с вешалки в прихожей.

Вера думала: мне двадцать три. Но тебе же уже двадцать семь. Нам пятьдесят, если в сумме. И почему сразу "детей"? Это будет один ребёнок.

4

Отрезанность от центра города и от центра мира, в котором Валерка проводил всё своё время, стала Веру всё больше тяготить. Валерка был вне досягаемости, даже когда приезжал домой – он отсыпался. Теперь Вере казалось, что квартиру на окраине он выбрал именно потому, что сам хотел быть всегда в центре, а её оставлять на периферии – греть ему место и обед.

Вера знала, что ей необходимо сосредоточить все свои силы на дипломе и сделать последний рывок, но сил на рывок не было. Она словно оглушённая, преодолевала на маршрутке путь с Поскота – так одесситы называют поселок Котовского – к консерватории по разбитым дорогам. Водитель маршрутки с серым лицом тихо, сквозь зубы матерился, пассажиры переругивались о чём-то беззлобно между собой. Обильной жидкой грязью из-под колёс заливало не только газоны и тротуары вдоль дороги, но и афиши с жирно-написанным валеркиным именем. Как сомнамбула, добредала Вера до аудиторий, занимала место и как сквозь толщу воды воспринимала невнятную для неё теперь речь преподавателя, его взгляд, его понимание во взгляде. Сдать сессию ей никогда не было трудно, но сейчас дело было не в труде, а в смысле – учеба, планы, будущее – всё для неё потеряло смысл.

Родители Веры не знали об этом ничего, для них Вера стала так же недоступна, как Валерка стал недоступен для неё. Уматываясь после занятий и репетиций, Вера пыталась отгородиться от подступающего убийственного дедлайна. Решать она не хотела. Мама, если дозванивалась на городской номер, всё спрашивала „Верочка, что ты сегодня ела?".

И вот в один прекрасный вечер Валерка пришёл домой в совсем ином настроении. Он был как-то взвинчен, решимость сквозила в его взгляде. Сказал, что его зовут на работу в Киев, что там за то же самое платят на порядок больше и что в добавок к этому у него теперь есть агент, то есть кореш, который может его устроить работать на радио.

– Днём радио, вечером пати или корпоратив. Рекламные ролики буду озвучивать. Это будет совсем другая маза.

– А как же я?

– Я тебя заберу, как только устроюсь.

– Валер, я не могу, у меня в июне защита, сейчас февраль. Как ты себе это представляешь? Киев ведь никуда не денется, а я защищусь, рожу и тогда все вместе и переедем.

– Ты не поняла. Меня никто ждать не будет. И чувиха, которая с радио увольняется, в штаты валит, прям как для меня – другой такой чувихи и другого случая не будет, и кореш мой продюсеру станции моё демо показал и меня пропиарил. Ты думаешь, это само собой всё делается? Такие возможности на дороге не валяются, я ради них пару довольно вонючих жоп облизал.

– А как же я?

Вера произнесла это и сама скривилась от неумышленного плеоназма. Ей в который раз за последнее время показалось, что не он, а она из них двоих старше. И даже не просто старше, а словно бы „человек старой формации“. С отсутствующим взглядом она села в кресло, которое почему-то густо пахло свежими огурцами. Её обоняние играло с ней в свои игры.

5

Позже чем можно Вера избавилась от ребёнка.

Врач, какая-то увядшая женщина неопределённых лет в аляповато оформленном кабинете, пропахшем дешевой косметикой, проводя предварительную беседу, тихо и бесцветно говорила Вере о том, что есть риск остаться бездетной. Врачихе было явно всё равно и это мутное, как некрепкий чай с молоком безразличие передалось и Вере. Врачиха как-то лениво снимала трубку и так же бесцветно, как говорила с Верой, отвечала на своём медицинском жаргоне какому-то бубнящему мужскому голосу. Вере очень хотелось в туалет. Букет бледно-розовых гвоздик на подоконнике был таким же вялым, как и врачиха с её перманентом.

Потом, когда всё было позади, нянечка с красно-фиолетовыми мелкими сосудиками на щеках, подтыкая под Верой одеяло, тихо сообщила ей, что был мальчик.

Валерка растворился как сигаретный дым и оставил после себя неживое, выгоревшее пространство в вериной душе.

Теперь Вере казалась дикостью её любовь к Валерке, она вспомнила мамино „да она же не в своём уме!" и почти физически почувствовала, как затянулся плотной непроницаемой плёночкой вход в её душу. Почему-то где-то в области пупка.

6

Приехав на время домой к родителям, Вера сначала лежала. Лежала в постели день, два, три. Мама приносила ей в комнату еду, которую Вера оставляла нетронутой. Она словно чувствовала, что, чтобы снова быть в состоянии жить, ей нужно сначала умереть, а потом заново родиться. И заново научиться жить.

Она лежала, и стёкла в серванте тихонечко позвякивали от легкой вибрации пола всякий раз, когда мама или папа входили или выходили из дома и хлопали дверью где-то там, в другом, в параллельном мире. Этот их мир был по своим свойствам именно другим – в нём, казалось, не было, не могло быть боли, стыда и отчаяния. А мир без боли, стыда и отчаяния теперь казался Вере миром полного счастья.

Ни маме, ни сестре она не рассказала про ребёнка; она хотела похоронить это воспоминание о собственной безоглядности, глупости, сумасшествии. Стыд жег Веру как крапива.

„Странно“, – думала она, лёжа в комнате одна, – „как странно: я чувствую вину и стыд, жгучий стыд, но не столько за то, что убила своего нерождённого ребенка, сколько за то, что я сошла с ума, влюбившись в кого-то, кого я сама себе придумала... Это ли не признак душевного недуга или умственной несостоятельности?“

Вера боялась, что хотя бы даже неумышленно кто-то из её родных, узнав о неродившемся ребёнке, провел бы параллель между нею и Зинкой с соседней улицы, о которой было известно, что она в молодости избавилась от ребёнка и потом так и не вышла замуж, хотя мужчины ходили за ней табунами – она была самая эффектная работница местной сберкассы. В один из последних разговоров с Валеркой Вера сказала ему:

– Я теперь буду как Зинка. Для самой себя.

– Какая Зинка? – спросил он, мельком взглянув на себя в зеркало. Он только что надел свеже-купленную ультрамодную куртку и собирался уходить.

– Да Зинка с соседней улицы, которая избавилась от ребёнка. Несчастная любовь. Все об этом знают и впечатление такое, что все о ней знают только это. Как будто ничего кроме этого она в жизни не сделала. У неё ещё ноги разные, – Вера говорила вяло, без энергии, словно самой себе.

– Что значит разные – одна правая, другая левая? – гыгыкнул Валерка.

– Одна немножко короче другой, дурак ты.

Однажды Вера проснулась, когда день уже угасал и в комнате стало темно и небо за окном было густо-синим. Вера перевела взгляд с окна на стол и увидела в вазе на столе внутренности какого-то животного. Кишки лежали горкой в вазе, в которой обычно лежали натюрмортом яблоки и груши, и Вера не сразу сообразила, что в вазе на самом деле именно яблоки, груши и на них – грозди винограда, дорогого, импортного, не по сезону, купленного мамой для неё. В обманчивых сумерках всё это выглядело как куча кишок. Стряхнув с себя сон, Вера потянулась к выключателю и зажгла свет.

Надышавшись многодневным молчанием и пустотой, Вера встала и сняла сразу большую стопку книг с книжных полок, словно пыталась экономить силы и не вставать по нескольку раз. Книги пахли знакомо, школьными годами, летами и вёснами, проведёнными с книжкой вечерами. Завернувшись в толстое, с родным духом дома одеяло, она перечитывала читанные когда-то давно совсем другими глазами тексты; теперь для неё экзальтированность Анны Карениной, беременность и роды Кити были наполнены совсем иным смыслом. Она выписывала фразы Анны, Стивы и княгини Бетси в свой удобный чёрный молескин, подаренный ей папкой на окончание четвёртого курса. Иногда она старательно вписывала целые диалоги:

— ...Я знаю счастливые браки только по рассудку.

— Да, но зато как часто счастье браков по рассудку разлетается, как пыль, именно оттого, что появляется та самая страсть, которую не признавали, — сказал Вронский.

— Но браками по рассудку мы называем те, когда уже оба перебесились. Это как скарлатина, чрез это надо пройти.

— Тогда надо выучиться искусственно прививать любовь, как оспу.

— Я была в молодости влюблена в дьячка, — сказала княгиня Мягкая. — Не знаю, помогло ли мне это.

— Нет, я думаю, без шуток, что для того, чтоб узнать любовь, надо ошибиться и потом поправиться, — сказала княгиня Бетси.

— Даже после брака? — шутливо сказала жена посланника.

— Никогда не поздно раскаяться, — сказал дипломат английскую пословицу.

— *Вот именно*, — *подхватила Бетси*, — *надо ошибиться и поправиться. Как вы об этом думаете?* — *обратилась она к Анне, которая с чуть заметною твердою улыбкой на губах молча слушала этот разговор.*

— *Я думаю*, — *сказала Анна, играя снятою перчаткой*, — *я думаю... если сколько голов, столько умов, то и сколько сердец, столько родов любви.*

Вера снова читала, думала, глядя в пустоту, потом засыпала с книжкой в руках и просыпалась с ощущением разбитости во всём теле.

Мама приходила, садилась у Веры в ногах. Приехала из Киева Надя, она слегка поправилась и из худышки превратилась в молодую интересную женщину, а её дочке шёл уже третий год. Вера сидела и смотрела в никуда, а мама и Надя говорили рядом то о молодой картошечке с селедочкой „как папа любит“, то о побелке потолков и починке забора. Потом они словно вспоминали о Вере, и мама приговаривала: „ничего, жизнь длинная, у тебя всё ещё будет. А он — мерзавец“.

Потом мама так спокойно, но чуть отрешённо говорила: „а я вот не знаю, что это такое – сумасшедшая любовь. Мне этого никогда не было нужно. Мне всегда важно было, чтобы со мной рядом был человек, с которым я подниму своих детей. И папа ваш всегда таким был. Всё остальное – блажь. Блажь.“

Думая о своей любви-сумасшествии к Валерке как о неком стихийном бедствии, Вера вспоминала, как должно быть по-идиотски выглядела она в глазах своей благоразумной и психически идеально-здоровой мамы. Да и в глазах консерваторских подруг. И что подруги вовсе не всегда завидовали ей, когда доносили о похождениях Валерки.

Вера думала теперь о своей любви, исторгнутой из её чрева месте с нерождённым ребёнком, как о недуге. О недуге психическом, ментальном, о котором говорят очень неохотно. Или говорят только со специалистом.

7

Фима возник в её жизни внезапно. Хотя внезапность – это было то свойство, которое Фиме было абсолютно чуждо.

Фима был скорее похож на кота. Но не в марте, как Валерка, а в уютном, располагающем к неспешности кресле.

Ещё Фиме было чуждо практически всё, что было присуще Валерке: валеркин напор, шарм, красноречие и мужская красота. Фима был симпатичным, не более.

Ещё Фима был чувствительным. Чувствительность же лишь отдельных частей тела Валерки проявлялась только в самые приватные моменты его в целом очень общественной жизни.

Фима был пианист.

Как раньше Вера его не замечала, было понятно всем: она была всецело поглощена Валеркой. А Фима видел Веру и замечал всегда, с первого курса. Так он ей сказал. Сам же Фима пользовался успехом у девушек; его, не стесняясь, девушки обхаживали, словно бы девушкой был он. Обхаживали его не только потому, что он обладал значительным преимуществом перед другими студентами консерватории – одесской пропиской. Он был тем, что принято называть „приятным во всех отношениях молодым человеком“.

На одной из посиделок в консерваторской общаге, куда сходились всегда без приглашения кто только мог, Фима наблюдал за Верой целый вечер, с ней ни разу не заговорив. А потом, уже на пороге общаги просто предложил провести её до дома. Она сказала, тут же повернув к нему лицо, что тогда им пришлось бы идти целую ночь.

– Я знаю, – ответил Фима, глядя ей прямо в глаза.

– А что ты ещё знаешь?

– Что тебя именно сегодня нужно провести. Хотя бы только до маршрутки.

И они побрели вдвоем по испещрённому рытвинами, как лицо следами оспы, асфальту вдоль строений сталинской и хрущевской эры; в окнах домов горел тёплый свет, пестрели занавески, хрустальные вазы, капроновые ядовитых цветов цветы с пластиковыми мертвыми тычинками. Фима говорил о чём-то негромко. Вера своими музыкальными ушами слышала не столько смысл говоримых им слов, сколько интонацию. Фимина интонация была ласковой и миролюбивой. Таков и был собственно Фима. И сам Фима был весь нацелен не на публику и не на создаваемый им внешний эффект, а только на Веру. Вера чувствовала это своей кожей.

Утром Фима позвонил Вере и спросил с той же миролюбивой интонацией „ну как дела?". Вера ответила, что дела в порядке, и Фима, не развивая более эту тему, тут же задал другую: „приезжай сегодня к Родине, там Милош Форман, ретроспектива. Будешь?". „Буду", ответила Вера и сладко потянулась в постели, снова ощутив кожей поступавшее из трубки и из окружающего её пространства тёплое фимино излучение. Пространство вокруг неё действительно изменилось, потому что изменилась она – она снова разрешила себе жить.

За окном белыми гроздьями, как соска́ми на вымени у коровы упираясь прямо в стекло, цвела черёмуха.

8

И Вера ожила. Нельзя сказать, что Фима прилагал для этого какие-то особые усилия, он просто своим присутствием в её жизни давал этому произойти. Как фокусник, не прикасаясь к предметам, двигает их по столу. Фима просто был рядом, причём иногда почти незаметно, казалось, больше чем Фима, присутствовала его музыка, партитуры, клавиры, ученики. В Фиме жизнь не била ключом, как в Валерке. Она плавно текла и тихо журчала.

Родители Фимы показались Вере очень колоритными. Это было шумное семейство, бурно обсуждавшее каждую мелочь в кухне со старой газовой колонкой и высоченными потолками. Кухня, казалось, была бы гораздо просторней, если б её можно было взять и положить плашмя, превратив тем самым высокие потолки в длинные стены. Фимина мама, Изабелла Израилевна, женщина яркой красоты, которая ещё громко заявляла о себе сквозь возраст, „тянула всю семью на себе". Папа Фимы, Борис Соломонович был немногословным и сутулым бывшим работником городского архива. Он в основном молча курил на балконе, сидя на старом плетёном стуле в огромного размера лохматых домашних тапочках. Бабушка Фимы, Раида Шулемовна была маленькой сухой старушкой с заострёнными, выдающимися назад пятками и с роскошной копной серебристых кудрей на голове. Ей всегда до всего было дело и когда она с кем-то говорила, то приближалась своим лицом почти вплотную к лицу собеседника.

Однажды утром, после ночи, проведённой у Фимы, Вера проснулась от громких возгласов фиминых мамы и бабушки, доносившихся из кухни. Бабушкины интонации повизгивали и словно закручивались затейливыми завитками в воздухе, а мамины были более твёрдыми, какими-то негнущимися и хрестоматийно-одесскими, и всё это их совместное акустическое действо отдавалось гулким эхом во дворе-колодце на Маразлиевской. Вера испуганно спросила Фиму:

– Это они из-за нас ругаются?

– Да нет, это они договариваются.

Вера, не понимая, посмотрела на Фиму и он с улыбкой продолжил:

– Белый или бородинский сегодня надо купить. Хлеб.

– Договариваются... – проговорила Вера и ушла с головой под пахнущее тёплым Фимой одеяло.

Пищеварение её сына и его „жэкатэ", так она выражалась, были центральным жизненным интересом фиминой мамы. Фимина мама следила за тем, как Фима питается и как Фима себя чувствует, звоня ему по несколько раз в день. Режим питания и пищеварение её мужа и её самой занимало фимину маму не меньше, но Фима стал для неё объектом повышенного внимания с тех пор, как он стал есть у Веры. Вере казалось это преувеличенной и чрезмерной заботой, но с другой стороны, думала она, пусть заботится. Главное, чтобы не заботилась дальше кухни. А бабушка Фимы всё повторяла свои мантры „Фимочке лучший кусочек", „у меня уже закончился Биттнер, мне снова нужен Биттнер, ох, кто мне купит Биттнера" и бесконечно звонила по телефону: „але, лаболатория? Валечка, котик, как-таки там мой сахар?" Имелся в виду сахар в крови.

О Фиме Вере и самой очень хотелось заботиться. Впрочем, о Валерке когда-то ей хотелось заботиться не меньше, а даже больше. Она любила кормить Валерку, любила смотреть, как он ест её еду, как насыщается, получает видимое удовольствие, передававшееся ей, как по радиоволнам. Не менее приятно ей было, когда её еду ел Фима, но разница была: Фима отвечал Вере взаимностью и принимал её заботу не совсем как должное. В нём сказывался такт и чуткость хорошего музыканта.

Фима цитировал Вере Бродского и играл Бетховена, а ей вспоминалось, как Валерка цитировал ей Лукьяненко и играл блатняк. Как от назойливой противно-жужжащей мухи, Вера отмахивалась от этих невольных сравнений, напоминавших ей о том, как ей изменил вкус и элементарное чувство меры, что теперь казалось ей дополнительным доказательством её тогдашнего умопомрачения.

Вдвоём с внимательным и мягким Фимой они ездили на дребезжащем трамвае на шестнадцатую станцию Большого Фонтана и только вдвоём там проводили всё своё свободное время. Они неторопливо бродили по пляжу и, подкатив джинсы повыше, прыгали друг за дружкой по гладким, вылизанным волной камням. Фима говорил Вере, что своей босоногостью и хрупкостью она напоминают ему девочку с картины Пикассо, „только не на шаре, а на море на камне".

Вере теперь казалось, что пазлы её жизни и жизни Фимы как-то удачно на всех стыках совпали, не оставив зазоров или зияющих пустотой мест, и что и сами они с Фимой составляли теперь одну единую картину. Вдвоём им было всегда хорошо. Но фанфары при этом не звучали, головокружительные салюты не заливали сиянием небо и лепестки роз не сыпались на белый атлас. Всё было спокойно, благоразумно, как у нормальных людей. У нормальных – вот что было для Веры главное.

9

Вера и Фима поженились. Гости, тосты, розы, торты и белое очень элегантное платье казались Вере началом новой – правильной жизни. Она загадала желание, чтобы у них родился здоровый ребёнок. Не сейчас, позже. Только бы родился.

Вера с Фимой и фимино пианино вселились в хрущёвскую квартиру на Большом Фонтане. В парадной неистребимо пахло кошечками, бренностью жизни и чьим-то бурным прошлым, этажом ниже Веры и Фимы жила пара то ли алкоголиков, то ли наркоманов с какими-то засушенными, вымученными лицами и к ним не зарастала народная тропа. Но близость этого жилища к морю всё собой искупала и Вера и Фима часто проводили время на побережье, окуная ноги в солёную воду, в которой плавали безмятежные медузы. Глядя всегда в одном направлении, они наблюдали, как по морю ползут корабли, плавно исчезая за светящейся кромкой горизонта.

Потом родители Фимы засобирались в Германию. Так же громко, как они прежде каждое утро обсуждали хлебный вопрос, обсуждались теперь детали подачи документов; аббревиатуры ОВИР и ПМЖ звучали в каждом телефонном разговоре.

Фимина мама то рисовала ужасы и лишения эмигрантской жизни, а то пересказывала чьи-то легенды о стиральных и посудомоечных машинах, которые немцы выносят из домов и ставят на улице, когда покупают новые. „Или вообще – размером или цветом не подошла, и они её выносят и ставят! Новую! Бери не хочу!" Мысль о том, что немец мог бы быть в состоянии купить именно то, что ему подходит по цвету и по размеру, в дискуссиях не возникала. В общем, молочные реки, кисельные берега. А вдоль берегов сплошь стоят и ждут своих новых хозяев с востока новые стиральные машины. Веру и Фиму объединял лёгкий юмор, с которым они все эти разговоры воспринимали.

Вера, поначалу не верившая в идею эмиграции и не принимавшая её всерьез, со временем поняла, что это станет и её реальностью совсем скоро. Ей было боязно ехать в эти новые Палестины; за годы учебы она полюбила Одессу и уже давно мечтала найти и своё место в этом украинском Париже. Но долгие месяцы ожидания спустя фимины родители всё же получили все нужные документы и тут же выставили на продажу квартиру на Большом Фонтане.

Вера и Фима всё лето жили на чемоданах и потенциальные покупатели с настороженностью во взглядах и вопросах чередой проходили через их скромное обиталище. Опасаясь, как бы их не провели, покупатели приценивались к двухкомнатному объекту с маленькой, но хорошей кухней и окнами в тихий тенистый двор.

Вера и Фима с грустью, но и с надеждой на будущую встречу медленно прощались со своими друзьями и со своим синим морем. А в сентябре 2003-го они приехали в Кёльн.

10

Память – странная штука. Несколько месяцев того первого, самого трудного времени в чужой непонятной стране Вера помнила теперь как время неудобств, но неудобств веселых, пропитанных светлой надеждой на лучшие времена, которые обязательно настанут. Язык, такой непостижимый, такой сложный, сначала Веру пугал, она не могла уловить, где именно в фразе заканчивается одно слово и начинается другое и с немой завистью и восхищением смотрела на наших, живших в Германии уже много лет и так легко изъяснявшихся на этом нелёгком языке.

Умерла фимина бабушка, врачи сказали, лопнула аневризма. Вера, услышав о причине смерти, вспомнила, как фимина бабушка любила повторять „ох, лопнет у меня сердце", так выражая степень своей заботы о Фиме. Эта смерть всколыхнула фимино семейство, встряхнула его, как резко встряхивают скатерть перед тем, как ровно расстелить её на столе. Потом, когда все похоронные хлопоты улеглись, из временного жилища в посёлке для новых переселенцев они переехали в трёхкомнатную квартиру. Снять квартиру им помогла специальная служба и саму квартиру стало аккуратно оплачивать немецкое государство. К тому же Фима и фимины родители получали ежемесячную социальную помощь.

Чувство вины – великая сила. Эта сила движет самопожертвованием и неожиданной щедростью, которые бы при иных обстоятельствах отнюдь бы не проявились. Курсы немецкого языка Фиме и его родителям тоже оплатило государство. Вере по этническому признаку ни социала, ни бесплатных курсов не полагалось.

Но язык был необходим. Оставались радио, телевизор, газеты и журналы. Вера штудировала фимины тетрадки и учебники, искала и находила возможности общаться на немецком, читала тексты, интересующие её, исключительно auf Deutsch – так лучше откладывались в памяти нужные слова и обороты речи. Повсюду с собой она носила толстый ярко-жёлтый словарь и свой чёрный молескин, записывая в него каждое новое слово. Встретив на своём пути непонятную табличку на заборе или рекламный плакат, останавливалась и сверялась со словарём. Для этого она даже стала всегда выходить с запасом времени из дома. Прохожие оборачивались и наблюдали Веру украдкой.

Веру наблюдали не только в такие моменты. Она стала замечать, что у немецких мужчин она пользуется повышенным вниманием, особенно у немецких турков или арабов. И если немцы явно опасались быть уличёнными в своих наблюдениях Веры, то турки и арабы почти совсем не прятали свои взгляды и могли даже попытаться заговорить. Но интерес к Вере немцев был явно нисколько не меньше. Это открытие Веру приятно удивило, польстило ей.

Через какое-то время оказалось, что Вера говорит и пишет по-немецки даже лучше, чем Фима, посещавший регулярно курс. Усаживаясь за столик ресторана, с официантом общалась Вера, в банке оформляла открытие банковского счёта Вера, счета и формуляры, приходившие им по почте, разбирала Вера, поисками работы и договоренностями с работодателями занималась снова Вера. Фима как-то почти физически стал медленно уменьшаться в размерах.

Вера устроилась работать на фабрику, выпускающую разнообразные сорта варенья, которое немцы называют „мармеладэ" и едят вовсе не к чаю, а за завтраком намазывают на свежие булочки с маслом. Домой Вера приносила на своих волосах аромат то сливового, то вишнёвого варенья, которое при всех стараниях получалось у немцев отчаянно не таким, каким получалось оно на знакомых Вере кухнях. А Верин музыкальный диплом был здесь просто симпатичной книжицей с непонятными буквами и экзотическим гербом.

Идя на работу, она должна была подниматься вверх по улице, как к вершине небольшого холма. Запыхавшись, Вера доходила до верхней точки и делала маленькую паузу, прежде чем идти дальше. "Вот тебе на. Гора. Вместо молочных рек с кисельными берегами. Моя Голгофа", – думала про себя Вера, глядя с возвышения на шпили кирх и крыши офисных зданий с ёршиками антенн.

Ударно проработав на мармеладном конвейере всю весну и всё лето, Вера поняла, что губит руки. Что то устроенное светлое будущее, о котором она мечтала, не сможет сбыться, если она не сможет больше извлекать из своей скрипки волшебную музыку. И она ушла с конвейера в уборщицы – как ни удивительно, труд уборщиц был более механизирован и освобождал от нагрузки тонкие верины пальцы. Поздними вечерами на фабрике, когда в помещениях никого не было, Вера, похожая на тропическую лягушку в своем светло-зелёном форменном комбинезоне и ярко-жёлтых резиновых перчатках, пела русские и украинские песни, знакомые ей с детства и представляла себе, как хорошо звучала бы под сводами цеха её скрипка. Акустика там была как в храме.

Вере теперь казалось, что социальная помощь, обеспечивающая небогатое, но всё же безбедное существование её получателям, была придумана немцами специально для того, чтобы устранить с рынка труда как можно большее количество потенциальных конкурентов. Вполне способные и талантливые люди словно размагничивались, нейтрализовывались государственной небесной манной, размеренно падавшей на их головы с тихим шелестом. А те, кто оставался на рынке труда, боролись между собой за рабочие места под солнцем, коих было бы несомненно больше, будь больше неразмагниченных умельцев их создавать. Преодолеть порог инертности было не то чтобы чрезвычайно трудно, это казалось просто бессмысленным: тот, кто открывал своё дело, неизбежно сталкивался с многочисленными бюрократическими и налоговыми проблемами и издержками, словно бы в наказание за эти свои активность и предприимчивость. А жить на социале казалось не только выгодно финансово, но и гораздо спокойнее – никакого стресса и ответственности. Получатели социальной помощи ежедневно сидели в кафешках и кнайпе, потягивая пиво и куря сигареты или ходили друг к дружке в гости и хвастали новыми плазменными панелями в пол-стены. Они были в курсе множества способов срубить чёрных денег на ремонтах или стрижке чьих-то газонов, они часами смотрели российские новости и сериалы и успевали скупить все продукты со скидками, потому что часы распродаж, как по заказу, приходились на время, когда все остальные работают. И потом сидели, кто на телефоне, кто в интернете, бурно общаясь с бывшими соотечественниками, оставшимися на большой земле.

Мысль о ребёнке, с которой Вера связывала своё будущее, на время как-то утратила свою актуальность. Вера теперь уже не была уверена, хорошо это или плохо – то, что их с Фимой попытки завести ребёнка не увенчались пока успехом. С одной стороны, ей хватало забот и треволнений и ей хотелось бы пережить материнство в уже более устроенных, спокойных условиях, желательно с Фимой как с отцом ребёнка, а не вместе с его родительской семьёй, в которой он сам вечный ребенок, а не мужчина и муж. С другой же стороны она всё более опасалась, что то, что ей не удаётся забеременеть, на самом деле последствие того её пост-безумного поступка и что она больше никогда не сможет иметь детей.

Фиму же этот вопрос, казалось, не тревожил. Даже сам секс, казалось, постепенно перестал быть для него важной темой. Тому была и чисто объективная причина: жили они теперь в комнате, через которую фимины родители шастали и днём и ночью, и редкие моменты, в которые они с Верой оставались наедине и могли немного пошалить в постели, Фима не очень стремился посвятить любви. Как если бы секс был лишь частью ритуала ухаживания и был уместен только тогда, на заре их с Верой отношений. Фимина мама, напротив, без нажима, но всё же так, словно других мнений или исходов и быть не может, изредка говорила: „вот

заведут нам дети лялечку, будем её няньчить..."
Благородный Фима так никогда и не посвятил свою маму в детали вериной медицинской карты.

И регулярно, раз в месяц, подходя с покупками и упаковкой прокладок к кассе супермаркета, Вера думала про себя: „Прокладки – это проклятки. Я проклята. Другим за то же самое ничего, а мне вот такое. У меня никогда не будет детей." И сама от себя гнала эту мысль.

11

Однажды им с Фимой повезло. Знакомая фиминой мамы передарила ей два билета на концерт знаменитого французского пианиста, а фимина мама в свою очередь одарила билетами детей. Вера, собираясь на концерт и подбирая украшения к скромному чёрному платью, вспоминала, как они вдвоём с Фимой ходили в оперу в Одессе и в Киеве. Она скучала по той пронизанной волшебством атмосфере и по самому запаху мягких бархатных красных кресел. Ходить на концерты или театральные постановки в Германии оказалось им сначала не по карману и потом, если они с Фимой эти дорогие удовольствия себе и позволяли, то покупали места только в балконе, где удовольствие стоило уже дешевле – примерно евро сорок-пятьдесят.

Французский пианист в безупречно сидящем фраке играл изумительно. Он производил впечатление счастливчика, баловня судьбы, а манера его игры была экспрессионистской. Опус Листа он исполнял так, словно стремился извлечь своими могучими пальцами из инструмента всё, на что фортепиано вообще может быть способно и инструмент послушно ему подчинялся. Крупные ма́стерские мазки его игры сочетались с ювелирной филигранностью и ни в чём не было им допущено ни малейшей неточности или неаккуратности, Вера следила за этим своим взыскательным слухом. После экспрессивной баллады и купания в аплодисментах виртуоз подарил публике ещё одно наслаждение – сыграл небольшую песню Дебюсси, и сыграл её так любовно и нежно, как мама, исполненная счастья материнства, поёт своему ребёнку колыбельную. Его руки ласкали инструмент, гладили его, сообщая и ему, и слушателям любовь. Вера внимала звукам, таяла от нахлынувших чувств и думала, что ну надо же, и имя у него прям как музыка – Тибоде... Тибоде-тибаду... И что Фима тоже вполне мог бы вот так играть – возможно не так экспрессивно и могуче, ведь у Фимы не было такой экспрессивности и напора в характере, но вот так же любовно, ласково и нежно, так Фима играть вполне умел. Фима только не умел попадать на такие сцены. Да и, честно говоря, уметь не стремился.

Вере пришлось по-новой получать документ о высшем музыкальном образовании и немецкая высшая школа музыки стала для неё не столько повторением её опыта, как она ожидала, сколько опытом абсолютно новым, и как ей теперь казалось, весьма полезным: Вера избавилась от многих иллюзий на предмет карьеры. Она теперь думала, что лучше надеяться на чудо и с этой надеждой жить, при этом, однако, довольствуясь синицей в руке – работой, приносящей хоть и маленький, но зато постоянный честный заработок. Наверное, что-то вроде этого немцы и считают признаком успешной интеграции. Предпочитать скромную синицу в руке журавлю в небе, золотой рыбке или щуке из проруби – это очень по-немецки.

12

Каждый день одесские интонации оглашали их квартиру в доме с немецкими фамилиями на почтовых ящиках и обильно-цветущей глицинией у входа во двор.

Фима продолжал быть тем уютным, спокойным котом, что лежит в кресле с прищуренными в полудрёме глазами и никому не доставляет неудобств. Он не то чтобы боялся, а просто не видел смысла вступать в конфликт со своей мамой, которая ожидала от него только лояльности и заботы о здоровье. Таким его Вера и знала с самого начала. Но с самого начала Вера не жила вместе с фимиными родителями и не была от них так зависима и им обязана. Обязана всем: визой, регистрацией, правом жить в квартире с видом на кёльнский Дом. Пусть далеко, пусть только две тонкие макушечки над городскими силуэтами, но в хорошую погоду Дом был виден из их небольшого окна в ванной комнате. Дом, свой дом – вот чего не было теперь в вериной жизни.

– Фимочка, сделай жабку! Это стимулирует кровообращение и хорошо для твоих суставов. Про жэ-катэ я вообще молчу. Если я не позабочусь о твоём здоровье, то кто о нём тогда позаботится?

Вера слышала эту реплику или похожие на эту каждый божий день. Каждое утро фимина мама требовала от Фимы гимнастику по какой-то особой системе, вычитанной в одной из её многочисленных книг по ЗОЖ. Книгами на ЗОЖ-темы фимина мама теперь зачитывалась и обменивалась с новой подружкой, жившей по соседству и приехавшей в Германию когда-то давно из города с названием словно бы из детства – Бологое. "Что за станция такая, Бологое иль Ямская?" – так и слышала Вера каждый раз, когда эта подруга им звонила на домашний телефон и распевно спрашивала фимину маму, чтобы начать разговор часа на полтора. ЗОЖ – здоровый образ жизни – стал религией фиминой мамы и теперь она агитировала всех в доме приобщиться к её диетам, промываниям кишечника, гимнастикам и специальным рецептам, продлевающим молодость и красоту. А жабка представляла собой некое особое упражнение, которое Фима должен был проделывать из позы лёжа на полу. Вера сначала пыталась не принимать фимины позы всерьёз, но постепенно всё отчётливее понимала: за своё терпение она не получает от Фимы ничего взамен.

– Фимочка сделай жабку! У тебя сегодня нехороший цвет лица. Ты выпил тот кефир из русского супермаркета? Никогда не покупай и не пей эти ихние кефиры или йогурты, слышишь? Они туда шарики подмешивают, ну ты представляешь? Для объема и густоты. Ноль процентов жира, а оно как сметана, вы это видели? Спрашивается, что же это делает его таким густым? Так я тебе и скажу – микроскопические пластиковые шарики, по телеку показывали. Уже б не показывали, так они показывают, ну?! Это же представить только, что после такого кефира в жэкатэ творится! И как это микрофлоре кишечника может понравиться? Ну что вам ещё сказать? Нет сил просто... Так потому у них и дети такие толстые – они же только этой гадостью и питаются! Пятнадцать лет, а она сорок четвёртого размера! Это ж невозможно выдержать. Фимочка, сделай жабку.

И Изабелла Израилевна важно отправлялась в ванную комнату на очередные оздоровительные процедуры.

13

Так прожили они все вместе ещё полтора года. Фима подолгу спал по утрам, словно пытаясь сократить время бодрствования, которое иначе ему пришлось бы проводить в конфронтации либо с мамой, либо с Верой. Конфронтировать он не умел и не хотел и сон был для него идеальным решением – против здорового сна фимина мама ничего не имела.

Фима занимался музыкой в своё удовольствие, к нему приводили своих чад всё новые знакомые его мамы, возлагавшие и на Фиму, и на чадо очень большие надежды. Однако чувствовалось, что Фима делает это, будучи лишь поставленным перед свершившимся фактом: вот пришло дитё и надо с ним заниматься, а не будут ученики сами к нему приходить – и Фима сам искать их не станет.

Концертную программу, которую они с Верой подготовили ещё в Одессе, удалось обкатать только несколько раз и они иногда подрабатывали дуэтом в одном старом аристократическом винном погребке, играли своих любимых Шопена, Шуберта, Брамса. Отделяться физически от мамы Фима и не помышлял. Он вообще не имел почти никаких притязаний и запросов, он просто хотел, чтобы его не тянули, каждая в свою сторону, две женщины, каждую из которых он любил. А Вера ощущала себя борцом, вытолкнутым кем-то на ринг сражаться с противником в совсем другой весовой категории.

Однажды Вера открыла в Фиме ещё одну неожиданную для себя особенность. Оказалось, что Фима не умел сопротивляться не только своей маме. Он не мог дать отпор вообще никакой женщине. Случайно Вера стала свидетельницей того, как Фиму хомутала одна слегка поддатая дочка знакомых фиминых родителей на русских посиделках с пирогами и расстегаями. „Странно“, подумала тогда Вера, „не желая создавать конфликт, он позволяет всем проделывать с собой всё что угодно. Всем, практически всем, без разбора. Только то, что мне угодно, как-то не входит в его планы. Мне он вовсе не стремится угождать.“ Вера, хлопнув дверью, ушла тогда в летевший почти горизонтально, прямо ей в лицо и за ворот, жалящий холодом снег.

Развод в Германии – дело дорогое. И довольно абсурдное, если учесть, как именно внезапно образовавшиеся третьи стороны стремятся на нём заработать.

Мысль о разводе Веру мучила: она не хотела разводиться с Фимой, потому что с ним, она знала это прекрасно, она могла бы спокойно прожить и всю свою жизнь. Да, с вот таким вот мягким, податливым и иногда ну чересчур уж конформным, как песочное тесто – надавишь и отпечатки пальцев останутся. С ним. Но не с его мамой. А без его мамы не получалось.

Назрела ещё одна проблема, которую Вера сначала не учла. Её право оставаться в Германии напрямую зависело от уз брака, которыми она была с Фимой связана. Развод означал бы для неё и необходимость вернуться в Украину, как только истечёт её виза. Значит, всё было бы напрасно. И Вера внутренне уже даже приготовилась к возвращению, как к прыжку в новую неизвестность. Ну и пусть, думала она. Что мне в конце концов дороже – я или виза?

Осенью, когда задули холодные и мокрые ветра, Вера всё же решилась. Вернее – она не могла больше делать вид, что всё в порядке, если её собственная жизнь была подчинена ритму походов в ванную комнату Изабеллы Израилевны. Вера подумала: я съеду и Фима последует за мной. Если я ему дорога́. Если же не дорога́, то какой тогда во всём этом смысл?

Уже найдя себе квартиру, она чуть было не отменила сделку и свой переезд, намеченные на конец декабря. Фима устроил им поездку в Париж, три дня и три ночи, и они поехали туда вместе с русскоговорящим экскурсоводом и группой на автобусе.

Поездка удалась. Номер в гостинице, где их поселили, своим окном смотрел на соседние крыши с воркующими перламутровыми голубями, и Фима с Верой увидели Лувр и Сену, Версаль, Сакре-Кёр и Елисейские Поля. Они провели три чудесные ночи, упиваясь друг другом, как когда-то давно в Одессе. Вера снова воспрянула, Фима сказал, что давно хотел, чтобы они больше путешествовали и что в конце концов они могут себе это позволить, и Вера тут же предложила ему уйти от родителей и начать жить отдельно. Фима замолчал, задумался. Он был готов к коротким побегам, к предсказуемым путешествиям на три дня и три ночи, но пока не готов был „бросить маму и папу в чужой стране", как он это называл.

А по дороге домой в автобусе они всю дорогу молчали. Роскошная кремово-сиреневая шаль, которую Фима купил Вере на Монмартре, грела, но нещадно, мелкими ворсинками, неприятно щекотала верину шею. И щекотала тем нещадней, чем ближе они подъезжали к дому.

14

И Фима за Верой не пошёл. Но и не стал форсировать развод под нажимом мамы, как опасалась Вера. Фиминой маме видно было не до того, да и в принципе, злобной она никогда не была. А может, сказались религиозные принципы – фимина мама теперь ударилась в какую-то новую религию и регулярно посещала собрания под руководством своей новой духовной подруги. Так и жила теперь Вера неразведённой женой отдельно от мужа, и немецкие бюрократы, об этом факте не прознав, визу ей аккуратно продляли.

Выходные она проводила с Фридой. Фрида гадала ей на картах.

– Ой, будет у тебя король. Червовый. Нет, постой, крестовый.

– А разница?

– Ой, ну что ты, червовые гораздо красивее крестовых, – серьёзно произносила Фрида, слюнявя пальцы и внимательно глядя в карты, разложенные на столе.

– Так что ж ты мне некрасивого наколдовываешь? – Вера не воспринимала ворожбу всерьёз, она подпиливала ногти, уложив под себя обе ноги в позе лотоса на диване. Фриду в целом она воспринимала с мягкой иронией.

– Дак а что я-то?... А подожди-ка... и будет у тебя ещё один бубновый, но с ним... ой, не понятно... Ты смотри, и тут снова бубновый... Ой, Верка, ну и королей у тебя... Да ну и правильно, в Германии мы чай, а не в совке, где на одного нормального мужика десять голодных разведёнок... Алкоголиков, придурков и наркоманов всяких в расчёт не берём... – Фрида говорила бойко, но не отвлекаясь от карт, словно сама с собой.

Фрида приехала в Германию девять лет назад из Казани со своими родителями – этническими немцами и казалось, она привезла тогда всю свою русскость с собой и сберегла её, и внешнюю, и внутреннюю, до сих пор в полной целости и сохранности. Фрида чисто говорила и на немецком, на котором с ней говорили ещё с детства и её родители, мама Эльза и папа Владимир-Вольдемар.

– Ну ты, мать, сильна. Фиму бросить. Он же такой безобидный.

– Вот именно, слишком уж безобидный. До ужаса. Да и не я его бросила, заметь, а он меня, если на то пошло. Тихо так, безобидно взял и бросил. Не могу я так жить, я хочу свою семью, а не семью его мамы... „Фимочка, сделай жабку!"...

– А давай мы тебе и правда жениха найдём? Тут знаешь, сколько свободных! Только про на улице знакомиться – забудь. Они этого не умеют и боятся. Потому что верят, что за такое дело сначала деньги заплатить нужно. Капитализм же ж. Я тебя в тырнетах замельдую, будут тебе короли, какие пожелаешь. Не боись, мы тебе очень хорошего прынца сообразим. Я так со своим познакомилась.

И познакомилась Вера с Ричардом. Фридино блестящее владение немецким сыграло тут решающую роль — именно Фрида оформила верину визитную карточку на одном немецком сайте знакомств, без ошибок вписав в формуляр все верины характеристики — рост, вес, цвет глаз и волос. „Тьфу ты, ну прям как на базаре!", – приговаривала Вера, заглядывая через плечо Фриды, деловито орудующей перед монитором. Фрида спокойно отвечала, не отвлекаясь: „да, как на базаре, пока не благодари, потом спасибо скажешь".

– Слушай, а я как-то не представляю, о чём с ними можно говорить. С нашими как-то автоматически все темы общие, понятные, а с немцами? Ноль точек соприкосновения, – говорила Вера, когда они с Фридой шли людным бульваром, притягивая к себе мужские взгляды.

– Ну, во-первых, не с ними, а с ним, тебе же один нужен, так ведь? А во-вторых, тут это не совсем к месту, а как прийдём домой, я тебе все точки соприкосновения наглядно покажу. Раз Фимочка тебе не показал.

– Иди в баню.

Вера не надеялась, что знакомство по интернету может вылиться во что-то путное. Вера даже осознавала, что на самом деле это она ещё раз хочет раззадорить или пришпорить Фиму; ей казалось, что вот на этот раз он ну обязан был отреагировать, ведь Фрида могла рассказать об этом своим знакомым и по беспроволочному русскоязычному телеграфу новость обязательно дойдёт и до Фимы и его мамы. Но вышло иначе. То ли Фрида молчала как партизан, то ли русский телеграф дал сбой, а то ли Фима был чем-то так занят вместе с его мамой, но ничто не помешало Вере завести новое знакомство.

15

Ричард, показавшийся Вере сначала каким-то ненастоящим персонажем с лаконичным, очень уж сухим и неромантичным интернет-профилем, на самом деле воплотился в зрелого интересного мужчину, который уже совсем скоро брал верины маленькие руки в свои большие так нежно, как берут хрупкие изящные цветы.

Однако в утро третьего дня после их первой встречи Вера о таком развитии событий подозревать не могла.

Её разбудил телефонный звонок. Была суббота и было уже почти десять, но Вера всё ещё так сладко спала, что не сразу сообразила, кто это и зачем её ранним субботним утром будит. Своим приятным баритоном Ричард вдруг заговорил о чём-то, что Вера словно бы должна была знать:

— Ты меня извини, я только предупредить, что я опоздаю. Тут, оказывается, улицу из-за стройки перекрыли, и мне пришлось парковаться в другом паркхаузе. Так что я буду... ну, минут через семь.

— А ты где? — спросила Вера, не понимая, о чём это он.

— Я уже в центре, просто я не хотел, чтобы ты там стояла, ждала и думала... Я вообще хотел быть на месте даже раньше, но...

– А! Галерея! Ой, я совсем забыла, Ричард, извини, я ещё дома ...и вообще – я ещё, честно говоря, в постели...

Вера вспомнила, что на первой их встрече они договорились о походе в галерею искусств в эту субботу и тут же поняла, что забыть такое она могла только при условии, что Ричард не очень-то её заинтересовал. То же самое мгновенно понял и Ричард на другом конце провода и сначала как-то сник. Но не подал вида. И вечером они по его инициативе уже снова встретились, но не ради галереи, а так, поболтать за чашкой чего-нибудь. Ричард не хотел сдаваться.

И настойчивость его возымела действие. Вера, вначале не воспринявшая его всерьёз – всё ещё официально женат, хоть и живёт полгода отдельно, но мало ли что, – просто поддалась его тактичной настойчивости и его желанию её немного развлечь. То галереей, то поездкой в уютный загородный ресторанчик, то походом на артхаусное кино. С Ричардом ей было нескучно и комфортно.

Нет, это не было любовью с первого взгляда. И даже со второго – тоже не было. Это было нечто большее. Нечто больше похожее на благоразумное решение устроить жизнь, а не на буйство глаз и половодье чувств. Одним словом, это было похоже на то, как поступают нормальные взрослые женщины.

16

О прежней своей жене Ричард рассказал, что у неё была депрессия, что она принимала антидепрессанты и хронически избегала секса, обвиняя его в якобы патологической любвеобильности и вместе с тем в неумении понять её, женщину. И что в один прекрасный момент она просто съехала вместе с детьми на другую квартиру, забрав из их общего дома всё ценное, что могла погрузить в машину и увезти.

Дети Ричарда – десятилетний Кай и восьмилетний Маркус проводили каждые выходные с папой. И как только бывшая жена Ричарда узнала от них о появлении в его жизни Веры, она тут же наняла адвоката с целью получить после развода как можно бо́льшие алименты на детей и содержание для себя.

Тем временем Вера и Ричард уже стали жить вдвоём и поженились они сразу, как только две папки необходимых документов – вериных и ричардовых – были ими не без труда собраны. Как известно, без мероприятий по сбору макулатуры в современных любовных делах не обходится.

Свадебное путешествие они провели в Италии, с упоением вдыхая сладкий воздух озера Гарда и утопая глазами в синем безмятежном небе, что простиралось над гладью воды. Пока точно не ясно, как именно это работает, но это научно установленный факт: небо в местности, где ты проводишь медовый месяц, значительно шире и синее, чем небо, где ты просто живёшь.

Вера была счастлива. Вить своё гнездо, которое она хотела свить так давно, было ей в радость и она с лёгкостью согласилась на переезд из Кёльна в маленький курортный городок с минеральными источниками, куда Ричард должен был переехать по работе. Всё складывалось и устраивалось гладко и удачно, и казалось, сюжет женского романа, вернее, его счастливый конец разыгрывается теперь с участием Веры. Хоть Ричард и не был богат, да и был к тому же до основания разорён своей бывшей супругой – по старой доброй немецкой традиции женщины разоряют своих бывших мужей, – он старался для Веры, как мог. Он знал, что семья и дом для неё важнее всего на свете.

Родители Веры организовали дома интернет, и теперь Вера часто говорила с ними по скайпу.

– Ой, слушай, а он на Касьянова похож, – говорила мама, когда Вера одно за другим пересылала ей фото, сделанные в свадебном путешествии, прикрепляя их как приложения к диалогу.

– Мам, на какого Касьянова? Ты ещё скажи „ой, до чего же он на нашего Буншу похож“!

– Да на политика одного, по телеку всё показывали. Он что, и ходит тоже как балерина?

– Мам, ну какая балерина? Нормально он себе ходит. Как мужчина, а не как балерина. – Вера понятия не имела, кого мама имеет в виду, так как не имела обыкновения смотреть телевизор. – А Надя с Виктором, они к вам когда в последний раз приезжали?

— Надя... Да... Вер, с Виктором там неладное... Были они у нас... Надя и Лиза вдвоём... Разводятся они с Виктором.

— Как разводятся? Почему?

— Ну... почему люди разводятся? Загулял Виктор, ребёнка на стороне нажил, мальчика. Надя приедет к нам скоро насовсем.

И верин папа, чтобы сменить грустную пластинку, стал рассказывать Вере о своих делах в музыкальной школе и об их с Верой общих знакомых.

17

Опыт неудавшегося брака за плечами Ричарда, казалось теперь Вере, скорее говорил в его пользу, нежели наоборот. Рассказывая как-то о своей первой семье, он говорил:

— Мы просто стали жить как-то „в разные стороны“, она не интересовалась моей жизнью, а я перестал интересоваться её.

— А почему ты перестал интересоваться её жизнью?

— Честно говоря, её интересы мне никогда не были близки. Но сначала нас объединяла её ко мне привязанность. Она была всегда рядом, и я женился на ней, так как устал болезненно переживать приходы и уходы моей тогдашней большой любви. Моё сердце было разбито и мне хотелось только одного — спокойствия и чтобы моя женщина никуда не исчезала. Прошло время, и оказалось, что моя жена от меня никуда и не уходила, но была рядом только для того, чтобы смотреть сериалы, составлять гороскопы и играть в бридж с подружками. Мне в этих её интересах просто не было места.

— А что есть твои интересы?

— Близость.

И оказалось, что с ним, с немцем, ни слова не говорящим по-русски, Вере было очень просто эту самую близость установить. И с точками соприкосновения оказалось всё в полном порядке. Это были даже не точки, а целые поверхности, идеально подходящие друг другу и взаимно притягивающиеся, как магниты.

В новом для себя маленьком курортном городке на водах Вера сначала всецело занималась обустройством быта. Они сняли квартиру в уютном, утопающем в зелени квартале, и приятным бонусом к их квартире оказался верхний этаж, состоявший из террасы на крыше и довольно просторного неотапливаемого помещения, которое Вера тут же окрестила чердаком. Ричарду это слово пришлось по вкусу, как и многие другие русские слова, которые спонтанно употребляла Вера, не зная пока немецких аналогов, и когда Вера уходила наверх поиграть на скрипке, Ричард присылал ей смску "Soll ich Dir einen Kaffee auf Tscherdak bringen?"

И всегда по вечерам она и Ричард выходили немного погулять, и он умышленно вёл её теми аллеями и дорожками, где его вместе с Верой могли увидеть его знакомые или коллеги по работе. Ричард Верой бесконечно гордился.

18

Они регулярно перезванивались с Фимой, как если бы вместе с вериным новым замужеством исчезла некая заноза из их отношений, делавшая эти отношения неудобными. Фима просто поздравил её с очередным днём рожденья и Вера в его день рождения ответила ему тем же.

Они разговаривали каждый в свою трубку и смеялись, и Вере показалось, что она даже скучает по Фиме, по его неторопливой спокойной повадке, по его мыслям и иронии, с которой он смотрел на мир. Она теперь будто бы заново познакомилась с Фимой и думала, что ей на самом деле жаль, что у них ничего получилось. Не получилось ребёнка, не получилось то, что немцы называют Zweisamkeit и что на русский так буквально одним словом и не переведёшь... Вере вспоминалась и её бывшая свекровь, которая виделась ей теперь хорошей мамой – Вере думалось, что для своего сына Вера наверняка была бы такой же. И свёкр, которому всегда хватало прежде всего такта быть Фиме хорошим отцом.

Но больше всего Вере нравилось вспоминать их с Фимой прогулки по мокрому песку в Одессе. Их прыжки с камня на камень, словно они были дети, и само море с его солёным воздухом, которого у Веры теперь не было. Иногда Вере стоило лишь закрыть глаза и перед ней возникали такие живые картины — то из их жизни на Большом Фонтане с трескотнёй трамваев и вечной суетой стихийных базарчиков вдоль неказистых хрущёвок, то безмолвные медузы в синей воде, безучастные ко всему на свете... Наверное, это и называется ностальгией, думала Вера. Но этимологическая часть этого слова „альгия“, то есть боль казалась Вере всё же преувеличением. Вере было не больно, ей было приятно и светло.

Вера стала ходить в купальни; там по четвергам был женский день, и там она познакомилась с ещё одной "русской". Русскую звали Марина и она работала психологом в одной из местных курортных клиник.

Русские дамы в сауне имели обыкновение громко перекрикиваться и смеяться; они то и дело целыми группами с берёзовыми вениками, как с букетами в руках шумно перемещались из парного отсека в душевой и обратно, вызывая недоумение и даже опаску на лицах немногочисленных молчаливых немок. В гулкой какофонии русскоязычных, посещавших сауну, Марина отличалась немногословностью и ограничивалась лишь вежливой улыбкой приветствия. Было заметно, что она осознанно избегает общения с людьми, которого ей, видно, хватало и вне купален.

Вера заговорила первой, когда она и Марина остались вдвоём в бассейне с бурлящими струями. Не будучи до конца уверенной в том, что говорит с русской, Вера сначала спросила по-немецки:

– Sprechen Sie Russisch?

– Ja, – ответила Марина.

– Ich auch! – по инерции на немецком и с радостью в голосе ответила Вера, и они обе рассмеялись.

Вдвоём им было комфортно даже молчать. Но если Вера Марину о чём-то спрашивала, то всегда могла послушать небольшую содержательную лекцию из области человеческой природы. От Марины же Вера узнала и о том, что преподавательница класса скрипки местной Volkshochschule скоро уходит в декретный отпуск: маринин круг знакомств был обширен. И Вера тут же решила заявить свой интерес на освобождающееся место.

Фольксхохшуле это у немцев образовательный центр. Некая помесь наших дворца пионеров и досугового центра: кружки по интересам, спортивные секции, языковые и музыкальные курсы для любых возрастов. На собеседовании немолодой уже администратор с широкой лысиной ровно до макушки внимательно просмотрел верины документы и, видимо, не придумав другого вопроса, спросил:

— Почему Вы выбрали своим потенциальным местом работы именно нашу фольксхохшуле?

— Потому что случайно узнала об освободившемся месте, — простодушно ответила Вера и тут же подумала, что это должно быть самый неразумный ответ в подобном контексте и что по всем канонам таких интервью нужно было ответить в духе "потому что ваша фольксхохшуле — самая пре-самая фольксхохшуле на свете и моя мечта детства была в ней работать". Так ведь, вроде бы, принято в мире капитализма и конкуренции, волнуясь, думала теперь Вера, наблюдая администратора, перебиравшего её дипломы — оригиналы, оформленные в кириллице, их переводы в латинице с гербами и печатями и немецкие гораздо более скромно оформленные свидетельства об образовании. Администратору же, вероятно, был так же неважен верин ответ, как и его собственный вопрос. Или социализма в Германии просто больше, чем капитализма. Так или иначе, но полу-лысый администратор, захлопнув верину папку, просто сказал, что вскоре сообщит ей о своём решении. И с улыбкой протянул ей широкую ладонь.

А дней через десять почтой Вере пришло официальное уведомление о приглашении занять освободившееся место. "Sehr geehrte Frau Breitenbach", обращался администратор к Вере в начале письма и слал сердечные приветствия в конце. Вера тихо ликовала.

19

Фольксхохшуле располагалась в здании мудрёной современной архитектуры; собственно это был комплекс из двух зданий из стекла и бетона, соединенных между собой стеклянными крытыми проходами и анфиладами, со сквером и беседками в тенистом дворе. В этом комплексе располагалась не только фольксхохшуле, но и какие-то конторы, назначение которых Вере было поначалу неизвестно. Но уже через некоторое время Вера чувствовала себя на работе как рыба в воде.

Возиться с учениками ей всегда нравилось, и оказалось, что в этой так строго выглядящей школе Вера была даже более предоставлена самой себе и творчеству преподавательского процесса, чем она ожидала: выяснилось, что наших музыкантов и преподавателей музыки немцы очень ценят и Вера с удовольствием пользовалась привилегиями принадлежности к касте "этих русских, которые впитали лучшие традиции ещё у себя на родине".

Однажды в перерыве у кофе-автомата она замешкалась, не найдя мелочи, и, уже почувствовав чей-то взгляд у себя на затылке, обернулась в надежде разменять пятиевровую купюру. На неё смотрел молодой человек, которого, как ей показалось, Вера где-то уже видела. Она, растерявшись, запуталась в словах: "Вы не разменяете мне маленькие деньги на большие?" Молодой человек улыбнулся и тут же сказал: "Разменяю. Я для этого сюда и пришёл", и Вера не сразу поняла юмор.

Они купили у автомата по пёстрому бумажному стакану капучино и сели на лавку у длинной стеклянной стены, разделявшей пространство между внутренним двором и сквером, за которым уже шумела улица. Он спросил, чтобы продолжить вроде бы начатый разговор, как будто боялся, что после начала ничего не последует:

— Вы здесь работаете? В фольксхохшуле?

— Да. Учительницей музыки. Скрипка.

— А я в этом крыле, в архитекторском бюро, вон в тех окнах, — и он показал рукой на окна во втором этаже. Было видно, что он ожидал от Веры взаимного вопроса и что этот его ответ он тоже поспешно бросил в костёр разговора, так как иначе костёр-разговор грозил просто угаснуть.

— Давно Вы здесь работаете? — спросила Вера, сделав глоток. Она теперь включилась в беседу, осознав некую неловкость момента и неуместную длину собственных пауз.

— Пять с половиной лет, — ответил он и улыбнулся. Вера подумала: "он улыбается, потому что заметил мою неловкость и неумение вести "смолток"". Или потому что услышал мои ошибки и снисходительно относится к иностранке, пока не владеющей немецким в совершенстве".

Он смотрел на Веру, чуть склонив голову набок, и наклон его головы и выражение лица выдавали его интерес к Вере и в то же время нежелание этот интерес обнаруживать.

Вера ощутила это и ей снова стало неловко.

— А я два с половиной месяца, — ответила она, тут же подумав про себя "он наверняка это знает, потому как явно знал и то, что я работаю в фольксхохшуле. Но ничего, зато так это больше похоже на смолток."

– Я знаю, – ответил молодой человек, своими длинными пальцами медленно вращая на одном и том же месте лавки стакан с изображенными на нем крупными кофейными зернами. – Меня зовут Михи. Михаэль, – и он протянул ей раскрытую ладонь.

– Вера. – Вера пожала его пальцы и рассмеялась, словно только сейчас своей ладонью ощутив наконец всю немного детскую неуклюжесть их разговора. Михи с удовольствием рассмеялся тоже. Неуклюжесть была и в самом деле забавной.

Позднее Вера пыталась вспомнить этот первый их разговор, который сохранился в её памяти лишь частично. Она тогда не придала значения ни самому молодому человеку, ни тому, о чем они так недолго говорили. Как это часто случалось с ней в Германии, она больше была сфокусирована на правильном построении фраз, на падежах, рода́х, артиклях и окончаниях, которые иногда не давали ей покоя даже после разговора. Она привыкла рефлексировать по поводу своего немецкого и, хотя то и дело слышала одобрительные отзывы о её языковом прогрессе, спуску себе не давала и всё оттачивала грамотность своей речи.

И позднее, снова случайно встретившись с ним у кофе-автомата, она посмотрела на него словно бы совсем новыми глазами.

– Привет.

– Привет.

– У нас совпадают перерывы. – На этот раз Вера не давала паузам разверзаться посреди разговора и рвать его тем самым на части. Теперь она просто не беспокоилась.

– У меня перерывы на самом деле тогда, когда я захочу, – ответил Михи с заметным удовольствием, словно хвастался этим.

– А что Вы делаете там в своем архитекторском бюро?

– Я часть большой команды, все вместе мы проектируем офисные и промышленные здания, торговые центры, гаражи. Новый паркхаус возле Дойчебанка видели? Тоже был наш проект.

– Это должно быть интересно.

– Ну, это, конечно, не проектирование фантастических городов будущего с летающими по воздуху трамвайчиками, но все же да, интересно.

Присмотревшись к нему повнимательней, Вера нашла Михаэля довольно симпатичным. Ему было не более сорока лет, стройный и ладный, с длинными пальцами, он производил бы, наверное, впечатление атлета, если бы не его кудри. Голова поэта была словно случайно приделана к этому физически ловкому телу, вьющиеся волосы путались, и их волны придавали их носителю некий вид вольнодумца. Михаэль был светловолосым, почти рыжим, хотя, возможно, это солнце выжгло его светлорусые волосы за лето. Особенно хорош был его тонкий профиль.

20

Некоторое время спустя Вера поняла, что существует прямая связь между её паузами и паузами Михи: из своего окна он мог видеть, когда она выходит одна или с кем-нибудь из коллег чтобы купить капучино и съесть сладкую булку на лавке в стеклянной ротонде. Встречаясь, они всегда обмениваясь парой ни к чему не обязывающих фраз, как это у немцев принято, а ещё позже, уже не скрывая, что он приходит к кофе-автомату не столько за кофе, сколько чтобы увидеться с ней, Михи спросил её:

– Вы, наверное, замужем?

– Да. А Вы женаты?

– Нет. Я живу сейчас один. Я был женат, ну почти женат, мы прожили вместе три года. Потом расстались.

И он рассказал ей, что подруга его годами сидела на таблетках, которые ей прописали врачи от депрессии, и что она подолгу не выходила из состояния полной апатии к жизни и что в конце концов он понял, что он не в силах ей помочь, потому что она просто не знает другого способа жить. Это была красивая и утонченная девушка, говорил Михи, но что якобы какой-то ген грусти не давал ей жить и радоваться жизни. И что собственно она к этому – к радости жизни – никогда особенно и не стремилась, а лишь погружалась в собственные состояния всё глубже, иногда не вставая с постели целыми днями и говоря ему, что он её не понимает. Потом Михи рассказывал Вере что-то о своих новых проектах, о современных гаражах, умных домах и заказах американцев, и она слушала и запоминала новые для себя слова и обороты речи, как делала всегда в разговоре с немцами.

21

Тем временем месяц за месяцем, цикл за циклом Вера медленно словно внутренне прощалась с такой красивой для неё идеей стать мамой маленькому существу. Ей казалось, что вот, её жизнь наладилась и у неё есть много из того, о чём только мечтают многие из её ровесниц. Но у неё не было того, что есть у них – ребенка. И мысленно она нет-нет, да и возвращалась к разговору с той врачихой неустановленного возраста, которая говорила ей тогда бесцветным голосом, подвигая по столу документы на подпись: "у Вас, возможно, никогда больше не будет детей".

Вместе с тем Вера вспоминала и то, что говорили ей немецкие врачи. Она прошла уже несколько обследований, и врачи говорили с ней так, будто выучили текст все по одной шпаргалке: "Патологий нет, не теряйте надежду, пробуйте дальше. Если решитесь на ЭКО – мы к Вашим услугам."

Ричард вместе с Верой надеялся на появление у них детей. У него уже было два готовых мальчика, и Вере в глубине души было даже завидно, что вот у него дети есть, и даже двое, а у неё – ни одного. Её неспособность зачать казалась ей неким пороком, признаком неполноценности, который её ужасно тяготил. Гуляя по скверам, она всегда замечала мамаш с колясочками или целые семейства с детьми, резвящиеся на зеленых лужайках и завидовала и им, задаваясь про себя вопросом: "За что? Почему им можно, а мне нельзя? Ну чем они лучше меня? Чем я хуже?"

Ричард не склонен был впадать в отчаяние по поводу вериной бездетности, но знал, появись у них отпрыск, он был бы очень рад. Хотя, с другой стороны, даже если ничего и не выйдет, Ричард тоже горевать не стал бы. Горевать и впадать в уныние вообще было не в ричардовой природе.

Город, где они жили, был полон стариков. "Пенсионерский рай", шутил Ричард. На самом деле вся Германия была теперь полна стареющих людей, которые, благодаря неплохой медицине, могут жить хоть до ста лет, хоть дольше, выходя каждый день на прогулки, сидя в уютных кафешках, вспоминая молодость, беседуя скрипучими голосами и слыша друг дружку через слуховые аппараты. Их слуховые аппараты были компактными и почти невидимыми, но иногда, реагируя на мобильник в кармане, они начинали со свистом фонить и старички убавляли их звук, неуклюже покручивая колесико своими плохо гнущимися пальцами. У старичков ныли суставы, выпадали волосы, кожа становилась всё более дряблой и пятнистой, а сфинктеры мочевых пузырей не справлялись больше с функцией удержания мочи и потому под своими одеждами они носили подгузники. Но выглядели они молодцами: дамы в шляпках, жемчугах и гладких чулочках, кавалеры в облачениях из явно дорогих магазинов, в шейных платках, укрывающих морщины. Старость хоть и не лучшее время жизни, но внешне она может выглядеть достойной, иногда даже гораздо более достойной, чем молодость... Когда Вера видела стайки или пары этих стариков, шагающих медленно с тростями или катящих впереди себя ролаторы, она всегда думала про себя: "Зачем? Зачем это всё? Зачем эта жизнь, если не для любви? Зачем живу я? И кто знает, сколь долго я ещё проживу? И вся моя жизнь – неужели она пройдет без того, чтобы дать начало новой молодой жизни? Без того, чтобы пережить любовь?"

Зачем эта жизнь, если не для того, чтобы пережить любовь?

Не суть важно с кем – с тем, кто любит тебя и кого любишь ты как равный, или с тем, кого любишь ты как того, кому эту жизнь дал...

22

Прошло ещё какое-то время и Вера поняла, что то, что Михаэль к ней питает, стоит молчаливым слоном всякий раз на пятачке у кофе-автомата. И что хотя слон этот был невидим, его нельзя было не заметить, и что они оба о существовании этого слона знают. И что слон приходит туда даже не с Михи; он там их обоих словно уже давно ждёт. Всегда там, на их месте.

Михи явно питал особую симпатию к Вере и он источал её, симпатии, тонкий аромат, как молчаливый цветок источает свой аромат, каждый раз, когда они там пересекались. Ощутив и осознав это, Вера испугалась, как будто совершила что-то ужасное, чего от себя не ожидала. И однажды после короткой кофейной паузы, скомкав пакетик от сладкой булки, Михи посмотрел на Веру влюблёнными глазами с тенью сожаления во взгляде и сказал:

– Жаль. Жаль, что Вы уже замужем. Очень жаль.

23

Умер верин папа. Инсульт. В вериных родных краях мужчины вообще не склонны к долгожительству. Вера съездила на похороны и пробыла там неделю. И вернулась к Ричарду совсем другая – грустная, словно привезя в глазах те картины, что увидела у себя на родине после долгого отсутствия.

С несколькими из своих бывших одноклассниц ей удалось встретиться. Из этих встреч Вера вынесла опыт, что срок годности женщин в Украине словно бы заметно короче, чем в Европе, и что эти женщины, как бы памятуя об этом сроке, торопятся выйти замуж или хотя бы без замужества родить себе ребёночка, словно боятся, что их кареты вот-вот превратятся в тыквы, а прекрасные платья – в лохмотья. И что они сами впрягаются в эти кареты и тащат эти кареты на себе, напрягая все свои жилы, только бы успеть устроить себе жизнь "как у людей". И умудряются при этом оставаться женщинами, сохраняя желание "выглядеть". Некоторые из вериных школьных подруг выстроили свой собственный успешный бизнес, открыли магазины или рестораны, выйдя на уровень дохода заметно выше среднего немецкого. Вера заметила, как невероятно много изменилось в её старой среде обитания, пока она пыталась вписаться в новую для себя среду. Теперь ей даже казалось, что, вернись она в Украину, ей пришлось бы по новой переживать все трудности адаптации и чувствовать свою чужеродность на изначально своей земле.

Бывшая одноклассница Маша позвала Веру с собой на дачу, где у неё созрели баклажаны и перцы, и они ехали на её маленьком фольксвагене по незнакомым теперь Вере улицам.

Маша рассказала, что Галя Ускова, отличница и медалистка, закончившая в своё время факультет финансов и управления, работает теперь уборщицей в частном детском саду. Что Женя Данильченко, с которым Вера сидела за одной партой, умер от наркотиков. Что Паша Погребняк разбился на мотоцикле. По пьянке.

– А Светка Борисенко, помнишь?

Вера помнила Свету Борисенко очень хорошо, её помнили, разумеется, все – она всегда считалась самой красивой и у неё первой из всех девчонок в классе появилась грудь. Маша продолжала:

– Она же тогда в Москву уехала, ну да, торговала овощами на рынке. Потом в каком-то магазине шикарном, тоже продавщицей, потом была крупье в казино. И вот она познакомилась там с каким-то криминальным авторитетом. В общем, была она с ним в полном шоколаде. Маме своей всегда хорошо помогала, из той халупы на Маяковского в новую квартиру её переселила, ей всё авторитет оплатил, и квартиру, и обстановку. Они приезжали к её маме как-то, так все наши офигели – на джипах таких огромных, квадратных, с братвой. А сам он – такой маленький ростом, но видно сразу, солидный человек. И вот как-то через пару лет этого авторитета на одной разборке хлопнули, ну и вдовствующую Светку взяла под свою опеку группировка. Так у них заведено. Ну а потом кто-то, наверное, посчитал, подумал и решил, да ну её, вдову, что-то дорого она нам обходится. Взяли её и убили.

– О боже, – сказала Вера, не в силах представить себе такого исхода истории о Светке, сидевшей за соседней партой.

– Та... Тут и не такое бывает.

Странное и грустное ощущение псевдореальности охватило Веру от машиных рассказов, а потом она поняла, что это она для них псевдореальная – на вид не обременённая проблемами, прилетающая из Европы на люфтганзе... Маша, ловко лавируя, вела машину по разбитой дороге и, показывая рукой, говорила:

– А вон видишь, дача Семеняко. Хоромы себе отстроили, будь здоров.

За высоким каменным забором возвышалось помпезное строение с колоннами, ворота были снабжены выпуклым глазом видеонаблюдения, а на крыше лицом в небо смотрела белая тарелка ресивера.

– И за какие шиши такие шалаши? – удивилась Вера.

– А они секту держат, – ответила Маша равнодушно.

“Как если б они кроликов держали. Или баранов”, – про себя тут же отреагировала Вера на машин глагол, а Маша продолжала:

– Это вот тут их домик, а дом молитвы у них в другом месте, там вообще громадина, со сценой, светомузыкой и всеми делами. Они молодняк к себе сгоняют, те чё-то там поют, танцуют, “аллилуйя” в экстазе кричат. А родители молодняка и рады, что дети их не по подъездам ширяются или бухают, а во что-то там веруют. Говорят, они им какие-то наркотики то ли подмешивают, то ли распыляют, бог его знает...

— Круто, — только и нашлась ответить Вера.

— А вон и наша фазенда.

И вскоре машина притормозила у ворот, рядом с которыми стояла деревянная лавка. На вытоптанной земле вокруг лавки лежал толстый слой шелухи от семечек. Во дворе залаял пёс.

— Семечки... — умилённо протянула Вера. — Я не ела семечки тысячу лет.

— А я тебя угощу, свежих нажарю. Что за жизнь без семечек! Ууу, ты мой хороший, у ты мой сладкий, соскучился по маме, — Маша открыла калитку и, как маленького ребёнка, приветствовала крупную немецкую овчарку, выбежавшую ей радостно навстречу, энергично виляя хвостом. — И без собаки тоже не жизнь! Без собаки нам ну никак нельзя, да, да? Ну никак нельзя, да, мой сладкий! Воруют очень.

24

Шло время. Вера перезнакомилась со многими из тех, кто работал в офисах тех двух зданий, и время пауз всегда было заполнено общением. Она и Михи виделись часто, но продолжали обращаться друг к другу на "Вы", хотя на "ты" переходили там сразу все, кто в этих двух зданиях работал и периодически встречался либо в курилке либо у кофе-автомата. Этим "Вы" и Вера, и Михи, не сговариваясь, словно охраняли друг друга. Охраняли и берегли словно бы от чего-то, что при переходе на "ты" могло тут же с ними случиться и стало бы чем-то непоправимым. Как разбитая дорогая ваза тонкой работы.

И поначалу Вера могла абсолютно спокойно и даже с иронией воспринимать явную, но маскируемую им его к ней симпатию. Однако постепенно, и она это чувствовала из раза в раз, она и сама словно инфицировалась от него флюидами, исходящими от любого его жеста или слова.

Однажды она спросила его, что мешает ему найти новую подругу.

— Вы ведь легко можете найти себе пару. Только щёлкните пальцами и раз! у Вас уже есть подруга.

— Я знаю. У меня уже есть опыт. После Сабины у меня было несколько встреч. Но я обнаружил... в общем, наверное, это возраст... Так или иначе к определённому возрасту люди подходят с ранами на душе... И мне попадались именно какие-то раненые женщины... Они привносят свои старые отношения в свои новые и делают всё ненужно- и излишне-сложным, запутанным, тягостным...

— Ну, так может быть и я ранена, у меня тоже были отношения, мы же с Вами почти одного возраста...

— Нет. Вы — нет. Я это вижу.

И как-то раз ей приснился сон. Во сне она вошла в насквозь пронизанный солнечным светом свеже-построенный паркхауз, чтобы найти свою машину. Она шла вдоль парковочных мест, но всё не могла машину найти. И тут она вспомнила, что её машина стоит вовсе не в этом паркхаузе, и начала искать выход, но выйти оказалось невозможно: все выходы вдруг оказались лишь узкими щелями в бетонных стенах, сквозь которые проникал свет, а единственный похожий на выход просвет при приближении оказался настолько низким, что ей пришлось бы, наверное, ползти, чтобы выбраться наружу. Она была заперта изнутри. С чувством растерянности она и проснулась.

25

Со сдержанностью, свойственной немцам вообще, Михаэль был очень осторожен в выражениях. Веру поразило, как трепетно он относится к тому, как она реагирует на любое его замечание или вопрос. И было видно – он боится, что она сочтёт его навязчивым, наглым или просто вульгарным.

Но если рядом никого не было, Михи смотрел на Веру тёплыми глазами, не в силах сдерживать улыбку удовольствия от близости к ней. И однажды она, почувствовав исходящий от него поток заряженных частиц любви, спонтанно решила превратить всё это в шутку, чтобы размагнитить возникшее между ними поле:

– Вы смо́трите на меня такими влюблёнными глазами. Это очень опасно.

– Я не могу иначе, – спонтанно отпарировал он и, смутившись, тут же отвел глаза.

Вера, не ответив ему ни слова, убрала обе руки в карманы и ушла, ускоряя шаг.

В тот вечер, уже совсем поздно Вере позвонил Фима. Вернее, она обнаружила в телефоне его пропущенный звонок – звук Вера часто отключала. До её дня рожденья было ещё далеко и Вере стало любопытно, по какому поводу Фима звонил. Она набрала фимин номер и сказала „привет.“

— Привет, — произнёс Фима как всегда спокойно.

— Как дела? — как всегда спросила Вера.

— Хорошо, — ответил Фима тоже как всегда.

— Ты мне звонил? У меня высветился твой неотвеченный...

— Да, я случайно... Извини, номер сам как-то набрался из списка контактов, одно лишнее движение, и ты ... ну ты знаешь ... Вернее ... да, не важно.

Вера подумала, что Фима как-то неловко и неумело пытается что-то до неё донести. Но Фима тут же перевёл разговор в иное русло, рассказал о своём новом небольшом ангажементе, о недавней поездке с родителями в Верону и попрощался, пожелав Вере спокойной ночи.

Вера лежала рядом с Ричардом и думала: как интересно иногда поворачивается жизнь, меняя свой жанр. В Вероне она и Ричард были, когда проводили свой медовый месяц на побережье изумрудного озера Гарда. Легенда о Ромео и Джульетта, балкон в том самом дворике, где обитали Капулетти, отполированная туристами до блеска бронзовая грудь юной влюблённой и нескончаемая очередь этих самых туристов к этой самой груди... Любовная драма, превращённая в почти водевиль, растиражированная на пёстрых магнитиках, майках, полотенцах и прочем туристическом хламе... Вера представила себе Фиму вместо Ричарда рядом с собой в Вероне и у неё легонько защемило сердце.

Вере было всегда комфортно с Ричардом. Но с Фимой ей было не только комфортно, но ещё всегда и интересно и в то же время совсем не обязательно говорить, обмениваясь какими бы то ни было интересностями. Вере и Фиме было хорошо и без информации извне, просто друг с другом, как если бы их внутренние содержания соприкасались между собой без участия их владельцев. Но когда они вдвоём узнавали что-то новое извне, то Веру часто изумлял фимин взгляд на вещи, его негромкий комментарий или справка по поводу из какой-нибудь старой энциклопедии или монографии. Это было то, чего Вере в её новой уже наладившейся жизни несколько не хватало.

26

Однажды в четверг Вера договорилась о встрече с Мариной после работы. Марина заехала за Верой на своей машине и встретила её на выходе из комплекса, у арки. Они уже направились вдвоём к парковке, когда Вера боковым зрением заметила Михаэля: он следом за ними выходил из арки и провожал их взглядом.

– Он что, в тебя влюблён? – Марина бросила лишь короткий взгляд в сторону Михаэля, так как была занята выуживанием своего телефона из недр сумочки. – Я только звякну Паулю. Пауль, либлинг, я буду поздно, ужинай сегодня без меня. Я с Верой, мы идём в сауну и мы поедим тоже где-нибудь в городе. Ну пока. – И она захлопнула телефон.

– А как ты узнала?

– О чём?

– Ну ты спросила "он что, в тебя влюблён?"

– Я не спросила. Я сказала. Видно же.

27

Верино женское здоровье было в полном порядке, но с ребёнком по-прежнему ничего не выходило. И через какое-то время Вера с Ричардом решились на процедуру с немного названием, звучавшим для Веры настораживающе – экстракорпоральное оплодотворение или сокращённо ЭКО.

Они аккуратно и сообща выполняли все предписания врачей и по расписанию, тонюсенькой иголочкой кололи Вере гормоны прямо в живот. Вера носила с собой и на работу маленький аккуратный спрей для носа с одним гормоном, а по вечерам вводила себе свечи с другим. У Веры было много надежд на все эти процедуры, напоминавшие ей приготовление утки к отправке в духовку – вскоре ей казалось, что она нашпигована нужными ингредиентами уже под завязочку, осталось лишь довести её до готовности.

На операцию по извлечению созревших яйцеклеток Ричард вёз Веру ранним утром и всю дорогу, пока они ехали, упруго и ослепительно-белó мела метель. И Вера всю дорогу молчала и думала, что это хороший знак. А позже, несколько дней спустя, снова по дороге в клинику, где ей должны были подсадить оплодотворённые уже и растущие клетки, Вера увидела большую мертвую птицу, лежащую на обочине и подумала: "Это ничего не значит. Глупо верить в знаки."

Врач встретила их у входа и, сопровождая их по длинному коридору, негромко подбодрила Веру, сказав, что наблюдения за клетками показали, что обе развиваются очень хорошо. И Вера ответила тихо с радостной улыбкой "я уже так по ним соскучилась".

Но как хорошо всё ни начиналось, тест на беременность две недели спустя безучастно и немо показал "пусто". И в вериной душе поселилась печаль.

28

Тогда Вера и Ричард взяли отпуск и отправились в Швецию. Они пересекли изрядную часть Европы на машине и потом на большом белом пароме поплыли на остров Готланд по холодной толще воды, чтобы оказаться как можно дальше от реальности, полной несбывшихся планов и надежд. И Ричард то и дело своим приятным баритоном говорил Вере, что у них ещё есть куча времени и что всё будет хорошо.

Они сняли домик в лесу, недалеко от побережья и каждый день выходили гулять вдоль холодного пляжа, устланного чёрными спутанными водорослями, похожими на волосы каких-то морских ведьм. А то бывало, они доезжали на машине до крутых высоких скал, с которых открывался вид на восток и, хоть его и не было видно, они знали, там, уже не так далеко – побережье России. Под ногами у них был обрыв – недвусмысленный, гарантирующий смерть от падения, либо мгновенную, либо медленную и мучительную, но смерть. Вода Балтийского моря была серой, по ней плыли тени гигантских туч, гонимых солёным ветром и Ричард рассказывал Вере о затонувших торговых кораблях с несметными сокровищами, до сих пор так и не найденных искателями кладов.

Потом с холода они возвращались в дом с тёплыми полами и разжигали камин, от которого шёл щедрый жар и танцевали тени на стенах. Вера и Ричард любили читать, умостившись на диване так, чтобы чувствовать друг друга, он – свои немецкие книжки, она – русские. А за окном громоздились тени деревьев с ветками, облепленными кучерявым бледно-зелёным мхом.

Вера теперь больше читала книги в электронном виде, возя их с собой повсюду в айподе и в ридере. Она взяла с собой в дорогу и несколько настоящих книг, но проглотила их всего за пару дней и теперь словно ощущала голод. Шведский телевизор они пару раз включали, но, не имея привычки смотреть телевизор дома, не стали смотреть и шведские ток-шоу, тем более темами ток-шоу оказались депрессия и алкоголизм. Натуральные блондины и блондинки в студии рассказывали телезрителям о своих родителях-алкоголиках и в лицах их были напряжение и усталость.

Были в доме и книги, но все на шведском, и лишь позже на полке под телевизором Вера обнаружила стопку дисков с фильмами.

Вера думала сначала, что и фильмы должно быть все на шведском, но оказалось, что некоторые из них были американскими или британскими, и в их меню значился и язык оригинала. Вера просмотрела пластиковые упаковки с дисками, не надеясь на то, что репертуар мог бы её заинтересовать: пара боевиков, какая-то патока с Джулией Робертс, молодёжная романтическая комедия с недозрелыми актерами, фильм производства BBC о дикой природе... Вера включила дикую природу, и по экрану резво понеслись против течения и запрыгали вверх по порогам горной реки лососи, идущие на нерест. Бурый мишка с берега внимательно высматривал потенциальную добычу в бурлящей от рыбы воде и вдруг точным снайперским движением выхватывал из воды гладкую серебряную жертву. Тут верин взгляд упал на обложку другого диска: там была Софи Марсо в меховой шапке и надпись в латинице "Anna Karenina".

"Умереть, не познав любви, гораздо страшнее самого страха смерти" – эта фраза в самом начале фильма неожиданно заставила Веру заплакать. Ричард был как раз в кухне, он готовил им ужин и звонко стучал длинноногими ложками, перемешивая салат. Чувство, охватившее Веру, было чем-то вроде острой печали, печали по несбывшемуся, по чему-то пронзительно красивому и для неё недоступному. Ричард позвал Веру и она, поставив фильм на паузу, прежде чем пошла к нему, достала из кармана сумки свой старый молескин, который всегда был с нею.

"Я думаю, что чтобы узнать, что такое любовь, нужно ошибиться и потом поправиться." – говорила Вере княгиня Бетси со страниц молескина.

"Видишь ли, я не признаю жизни без любви. Ну что делать, я так сотворён." – говорил Стива.

"Я никому не хочу доказать. Я просто хочу жить." – говорила Анна.

Вера внимательно вчитывалась в эти строки, как будто в них был ответ.

29

А однажды Михаэль зашёл к ней прямо в класс. Вера уже собиралась уходить и как раз закрывала на ключ свой шкафчик, когда он появился на пороге и произнёс:

– Я хотел проверить, здесь ли Вы, Вас давно не было видно. Вы не приходите больше пить кофе...

– Я приношу кофе с собой. Из дома. – ответила Вера и застегнула молнию на сумочке.

Он мельком выглянул в коридор, в котором уже никого из сотрудников не было, и теперь, войдя в класс полностью, тихо прикрыл за собой дверь.

– Я только хотел сказать... – Он смотрел на неё таким тёплым, таким нежным взглядом, что Вера почти физически почувствовала приближение опасности и сладкую слабость во всём теле. – Я просто хотел сказать, что если бы только Вы не были замужем... Я бы давно пригласил Вас куда-нибудь на ужин... – И он взялся рукой за ручку двери, видя, как Вера надевает своё пальто. – Я... ...А может всё же... Может мы могли бы вместе поужинать? – и он заглянул Вере в глаза. Было видно, что он за этим к ней и пришёл.

– Нет, не могли бы, – спокойно и твердо ответила Вера. Она тоже смотрела ему прямо в глаза и теперь отчётливо видела его узорчатые радужные оболочки и большие чёрные зрачки, глядящие ей прямо в душу.

– Вы счастливы? Вы счастливы со своим мужем? – спросил он тут же с едва уловимым вызовом в интонации.

– А почему Вы спрашиваете? – Вера продолжала смотреть ему в глаза уже почти холодно. На маленький шаг она отступила от него и умышленно поставила вопрос именно так, зная, что для немца это не вопрос, а утверждение "Это не Ваше дело."

– Просто я иногда замечал обеспокоенность на Вашем лице, – ответил Михи, вполне уловив верину интонацию защиты, но осознанно продолжая наступление и как бы говоря ей этим "я не сдамся".

Вера сделала паузу и снова умышленно холодно спросила его:

– Почему Вы спрашиваете?

– Я надеюсь, Вы счастливы в своей жизни.

На междустрочном языке, который они оба прекрасно понимали, этот диалог звучал так:

Михаэль: «Впусти меня в твою жизнь.»

Вера: «Тебе в ней нет места.»

Вера сделала шаг вперёд и открыла дверь. Они вместе молча вышли из класса и Вера закрыла дверь.

Вечером дома она сидела в кресле, медленно пила чай из большой тяжёлой чашки и думала о том, что Михаэль, наверное, сейчас думает о ней.

30

Каждый свой день Ричард начинал одинаково. Как Вуди Аллен с каких-то пор каждый свой фильм начинает титрами с тем же самым шрифтом, Ричард всегда по заданной схеме начинал свою утреннюю активность, не допуская никаких изменений в её последовательности. Он отнюдь не был поборником порядка, дисциплины и педантичности, но он любил постоянство и с тихим удовольствием повторял каждое утро действия по одной и той же схеме: встать, надеть очки, сходить в душ, побриться, почистить зубы, надеть брюки и свежую сорочку, застегнуть запонки на рукавах, сходить за свежими булочками в кондитерскую за углом, сварить кофе и с удовольствием позавтракать. И за столом повторялся всегда тот же ритуал: яйца всмятку, накрытые матерчатыми колпаками, сохраняющими тепло, свежие булочки или круассаны, его любимый мармеладэ, масло, всегда идентичная сервировка. Никаких неожиданностей. Разве что иногда, особенно в хмурые бессолнечные дни, зажигалась свечечка в элегантном подсвечнике в центре стола, чтобы было "noch gemütlicher".

Каждую субботу и воскресенье, которые они всегда проводили вдвоём или вместе с его детьми, повторялось то же самое по утрам и только дни были наполнены уже более менее варьирующимся содержанием. После туалета и завтрака они занимались любовью, а иногда – и до того, и Ричард всегда прекрасно понимал верино "ещё". Потом они долго лежали в постели, продлевая близость, лежали молча или лениво болтая о том, о сём, смеясь – Вера постепенно всё лучше понимала своеобразный ричардов юмор; потом гуляли или ехали по живописным местам на велосипедах, поднимая ноги там, где были лужи.

А вечерами Ричард выводил Веру на прогулку, стремясь похвастать ею в наиболее многолюдных местах. Журчали фонтаны, благоухали белые граммофоны древовидного дурмана и когда они шли, Ричард иногда обнимал Веру за талию. "Вот тот, клетчатый, так смотрел на твои ноги, что его глаза на тонких невидимых ниточках вывалились почти до уровня земли", – вполголоса шутил Ричард, получая удовольствие от того, что его Веру замечают. И его вместе с ней. Нечто похожее повторялось почти всегда.

Веру забавляла эта повторявшаяся ритуализированность, не нарушавшаяся ничем и никогда, даже в путешествиях. Вера шутила, что для немца даже слово "импровизировать" имеет стойкую негативную коннотацию, так как подразумевает некое отступление от порядка, то есть хаос, и Ричард с этим добродушно соглашался. Он даже сам шутил, что русская жена после немецкой – как цветной телевизор после чёрно-белого. Именно по причине элемента непредсказуемости, который присутствует в „русской" жене.

Ричард мог неподвижно, как камешек, долго и сосредоточенно сидеть за своими бумагами, работая в тишине, шелестя негромко пальцами по клавиатуре компьютера. Он напоминал Вере и трамвай, который по определению может передвигаться

110

только по рельсам. Вперёд и назад, совершая петли и повороты и вращаясь по кольцу на конечной станции, но только по рельсам, никак иначе. Он работал в учреждении за среднюю по немецким меркам зарплату, оказывая какую-то среднюю услугу неизвестно кому, скорее всего, средним клиентам, и эта деятельность давала ему необходимую стабильность и безопасность, но ничего более того. Никакой свободы творчества или полёта фантазии его работа не предусматривала. За стабильность ведь, кажется, всегда приходится платить свободой и полётом, не так ли? И Ричард ходил на службу и неизменно в одно и то же время возвращался, и Вера сначала всё не могла привыкнуть к тому, что он, звоня ей за несколько часов до того, как приедет домой из командировки, сообщал с точностью до минуты, во сколько его ждать. Он не менял шрифты, как не меняет их Вуди Аллен, но умел наполнять для себя самого новым содержанием каждый свой день, как новый фильм, будучи этим вполне довольным. Он был счастлив с Верой, она-то и была его основным содержанием и источником счастья и ему больше ничего не было нужно, всё и так было идеально хорошо.

"Так почему он может так жить, а мне, оказывается, нужно что-то ещё?" – думала, наблюдая его, Вера. "Почему у него нет потребности в чём-то ещё, а у меня вдруг какая-то новая потребность появилась? ...Или она у него, точно такая же есть, но он её с помощью меня и удовлетворяет? А я с помощью него – получается что нет?... Почему я дала себя инфицировать той влюбленностью, что источает Михи и то и дело думаю о нём?"

Ответ, который Вера сама себе давала, категорически ей не нравился.

31

В выходные дни Вера много говорила по скайпу с мамой и Надей. Надя оставалась не замужем и теперь пыталась найти себе жениха за границей, говоря, что дома нормальные мужчины или переженились или перевелись. Вера помогала ей отбирать кандидатов, просматривая профили женихов на немецком сайте знакомств.

— Неееет, ну этот совсем не годится... Ну посмотри на него, ну он же на идиота похож, — говорила Надя.

— Надь, ну почему на идиота? Может быть, он немного простоват... Но не идиот. Смотри, диплом инженера имеет. Здесь же дипломы об образовании на столбах не продают. Значит, не совсем идиот. И не дармоед. Уже что-то.

— А глаза пустые. О чём мне с ним говорить?

— Не пустые, а другие. Это нам так кажется, Надь, что они пустые, а они просто чем-то другим наполнены, их наполнителем, их культурным содержанием, которое для нас неочевидно. Вот нам и кажется — пустота.

— Так это и я ему со своим содержанием идиоткой кажусь?

— Да нет, Надь, ну почему сразу идиоткой? Они нас, нашу сестру, так сказать, любят. За женственность, за ласковость, за умение не усложнять проблемы... Невыносимая легкость бытия, понимаешь... Они всё это умеют ценить гораздо больше, чем это же умеют ценить наши мужчины... Ты, Надь, только не усложняй то, что и без твоей помощи и само когда-нибудь усложнится.

Это было свойство Веры – уметь делать сложное простым и уметь не усложнять то, что усложнять вовсе необязательно. Ричард говорил, что он в частности за это Веру и полюбил.

32

Вскоре наступило лето и Ричард и Вера отправились в Украину, как планировали уже давно. Вера ожидала эту поездку с нетерпением, ей хотелось словно сбросить с себя опутавшее её некое оцепенение, дурман овладевшего ею чувства.

Они летели рейсом Франкфурт–Киев и прямо в аэропорту Борисполя получили ключи от нанятого Верой по интернету шустренького форда. Ехать пришлось долго, и Вера сама удивилась, что путь на юг Украины в её родной городок отнимает, оказывается, столько времени. Ричард дивился обилию людей в униформе – дорожных полицейских и говорил изумленно: "Unglaublich. Wie in Nordkorea". Он не решался гнать чужую машину по украинским, не таким гладким как немецкие автобаны, дорогам, и вёл аккуратно и медленно. Да и вообще торопиться он не хотел: он с интересом созерцал деревни и сёла, попадавшиеся им по дороге и то и дело произносил: "Schön. Se-ehr schön".

У ворот в подворья вдоль дороги им попадались столы, ломящиеся от банок с мёдом, сметаной и молоком, от корзин с поздней черешней и вишней. Ричард восхищался тем, как люди так близко, так непосредственно рядом живут с тем, что растёт прямо из их земли, как живут друг с другом близкие, родня. Ричард покупал фрукты, которые продавцы насыпали ему в побывавшие уже в употреблении пластиковые пакеты с напечатанными на них девицами в одних трусах; он с интересом рассматривал бабушек в пёстрых косынках и крепких бронзово-загорелых мужчин в спортивных шортах, с обнажённым торсом и толстыми золотыми цепями на шее. Дома́ интересовали Ричарда не меньше. Он тормозил или ехал специально медленнее, чтобы успеть как следует рассмотреть постройки монументальные и не очень, аккуратно побеленные хаты и затейливые, вновь выстроенные коттеджи. Особенно умиляли Ричарда сады – с лохматыми старыми деревьями, ветви которых клонились долу под тяжестью зреющих яблок и слив. У немцев в садах не бывает таких лохматых деревьев. Они у них как пудели, стриженные аккуратно, как на выставку.

"Красиво. Очень красиво", – то и дело повторял по-немецки Ричард.

Вечером, проделав несколько сотен километров и потеряв полтора часа на обед в одном из ресторанов – борщ с пампушками и жаркое заставили себя ждать, но Ричард готов был ждать, а сам ресторан они сначала долго искали, – Вера и Ричард решили не ехать дальше, а переночевать в гостинице. Гостиницу было не менее сложно найти, чем приличный ресторан, но когда они всё же её нашли и договорились о ночлеге в свеже-построенном, ещё частично в лесах, крытом глянцевой синей черепицей отеле, Вера позвонила маме и сообщила, что они приедут завтра. Они договорились об ужине, подивились странно-подобострастному характеру общения обслуги и, поев, отправились спать. Завтрашняя дорога звала. Вера очень хотела поскорее снова увидеть свою маму, Надю и маленькую Лизу.

— Да ни хуя ты потом не докажешь. Кинут они тебя и на том пиздец. И скажешь ещё спасибо, если они тебя не замочат. Я такую хуйню за версту чую.

— И он мне еще, блядь, говорит, что чисто юридически договор бы надо составить. Блядь.

— Ага. Ты потом этим договором жопу себе сможешь подтереть. Это всё, на что договор с такими пидорами годится. И смотрят они на тебя при этом таким честным и невинным ебалом...

Веру разбудил этот диалог, и она не сразу поняла, откуда он был слышен. Мужские голоса доносились словно из стеклянной банки, довольно громко, отчетливее, чем из-за стены. "Но какая банка? Мы же в гостиничном номере..." — соображала про себя Вера и вдруг заметила шевеление большой ссутуленной тени за гардиной. Раздался звук тяжёлого предмета, как если бы его тащили по деревянной поверхности, тень снова двинулась и снова двинула предмет — им оказалось наполненное чем-то ведро. Двое рабочих то ли штукатурили, то ли красили стену на лесах прямо за их окном. Вера глянула на часы, на циферблате было 6:30.

— Они ненормальные. — Тихо сказала Вера по-немецки. Неясно было пока, спит ли ещё Ричард. Ричард тут же поднял голову и настороженно посмотрел в сторону окна. — Полседьмого утра. Гостиница пустая и нас поселили именно в номер, за окном которого в полседьмого утра матом разговаривают рабочие.

— А о чём они разговаривают? — спросил Ричард, опершись на локоть и вслушиваясь в голоса.

— Да так... о некоторых юридических тонкостях.

Их ожидал ещё один сюрприз — завтрак в гостинице не подавали и, приняв душ и собрав сумки, Вера и Ричард снова отправились в путь.

У первого же придорожного кафе они остановились выпить чашку кофе и съесть какой-нибудь пирожок. Над входом в кафе висела вылинявшая вывеска "Росинка" и Вера сразу уловила иронию этого романтического названия на краю пыльной, гудящей фурами и тракторами трассы.

Они вошли в зальчик, в котором едва слышно и невидимо жужжали мухи, а за стойкой бара не было ни души. За одним из столиков сидели несколько мужчин в кепках, на их столе стояли несколько бутылок пива. Ричард увидел эти бутылки и в выражении его глаз, которое почти не изменилось, но которое Вера умела хорошо читать, возник вопрос. Будучи вербализованным, это вопрос звучал бы так: "Пиво? В восьмом часу утра?"

Вход во внутренние пределы заведения отделяла бамбуковая занавеска с принтом на тему тропического рая: зеленые лапы пальм, белый песок, синее небо. Из зашелестевшей вдруг занавески вышла женщина в синем с рюшами переднике, с симпатичным, почти кукольным лицом и взглядом, не позволявшим на её счёт строить иллюзии. Ей было лет сорок, у неё были крепкие руки и плечи и яркокрасным лаком накрашенные короткие ногти. Отшелестев тропическим раем, без изменения в выражении лица она деловито спросила Веру:

– Что Вам?

– Лидусик, ещё парочку! И парламент. – В этот же момент послышалось из-за стола; и Лидусик, безмолвно переключившись с Веры на реплику из-за стола, вынула из холодильника пиво и сняла с полки пачку сигарет.

Выпив по чашке сладкого растворимого кофе и съев по булочке с маком, Вера и Ричард вышли на улицу и обнаружили, что пятачок возле кафешки за это время оккупировала стайка собак. Ещё несколько собак брели медленно в этом же направлении, дабы присоединиться к пёстрому собачьему сообществу, и в этот раз уже явное выражение изумления появилось на лице Ричарда. Впервые в своей жизни он видел собак, которые принадлежали только самим себе. Да ещё так много в одном месте. Это были разные по экстерьеру Бобики, Шарики и Жучки, рыжие, чёрные и седые, маленькие и побольше, одна хромала, ещё одна то энергично чесала лапой за ухом, то рывками кусала сама себя за бок, звонко щёлкая зубами. Скорее всего они никогда в жизни не знали никакого другого ухода и заботы, нежели уход и забота рестораторши Лиды, выносившей им по утрам вчерашний недоеденный борщ. Так и оказалось: Лидусик вышла на порог, теперь было видно, что под передником, ниже широкой спины у неё была не юбка, и не брюки, а чёрные, туго облегающие её крепкие икры лосины с широким кружевом по канту. Она собрала вчерашние собачьи миски и понесла их в кухню, чтобы вынести своим питомцам новой еды.

На следующей остановке картина была не менее живописной. Коротко стриженные парни, все как один в спортивных штанах adidas и в нарядных белых рубашках, заправленных в эти штаны, курили и что-то громко обсуждали возле деревянных столов, над которыми на верёвках была развешена сушёная рыба. Рыбы было много, куда больше, чем давеча собак. Ричард не знал, что рыба бывает и сухой тоже, и у него не было ни малейшего понятия, как эту сухую рыбу можно было бы есть. Позже он даже сказал Вере, что сначала подумал, что „эти люди забыли про рыбу и она вся высохла“. Целые ряды столов стояли вдоль дороги, некоторые рыбные ожерелья были заботливо укрыты белой марлей. Ричард вполголоса спросил Веру, зачем на рыбе марля, выслушал объяснение и с нескрываемым интересом и даже восхищением продолжил смотреть на парней, одинаково одетых в деловые белые рубашки и не менее деловые спортивные штаны, на рыбу, на животастого продавца со ртом, полным золотых зубов, который говорил громче всех и шире всех жестикулировал. "Культурный шок", – думала про себя Вера.

Наконец они приехали домой. Их так долго ждали мама, Надя и Лиза, которой уже исполнилось двенадцать лет, что, казалось, теперь их первым делом было просто пошуметь и поговорить всем одновременно, перебивая и не слыша друг друга и не давая Вере перевести хотя бы часть реплик Ричарду.

Вера заметила разницу, произошедшую в маме с момента, как умер папа. И в надиной повадке появилась какая-то едва уловимая тяжесть. Надя нисколько не стала тяжелее физически, это была тяжесть скорее душевная, она проглядывала в надином взгляде, в её походке и в напряжённости плеч.

Потом, угомонившись, они сели за стол. Мамин ароматный зелёный борщ, сало, самодельный квас, обильные салаты с домашней сметаной и вареники с вишней – всего было много, через край, столько, сколько они бы не съели. Ричард хотел было вилкой и ножом есть вареники с вишней, но верина мама тут же его остановила и заговорила с ним громко, как если бы он плохо слышал:

– Ричард, дорогой, ты не стесняйся, возьми-ка вареничек в руку, надкуси аккуратненько, так, чтобы сок не потёк, и кушай. – В её интонации была снисходительность, как к ребёнку – Тут важен сок, вареники должны быть сочные, понимаешь?

Верина мама умела очень вкусно готовить и всегда этим гордилась.

Ричард внимательно слушал, что ему переводит Вера, и потом послушно ел вареники руками, чтобы не разбрызгать сок. За ворот его рубашки верина мама вдела большую льняную салфетку и он ел. И внимательно, словно хотел научиться понимать, о чём они все одновременно говорят, больше глазами, чем ушами, следил за ходом разговора за столом.

33

Потом они поехали все вместе на побережье Азовского Моря, и Ричард всё приговаривал, видя по бокам дороги побеленные домики и кудрявые сады, георгины и гладиолусы у заборов: "Schön. Sehr schön".

Он дивился тому, что украинские помидоры, купленные у людей прямо из ящиков на дорогах, имеют неожиданные особенности – они были богатыми на вкус, кисло-сладкими, сочными и пахучими. Таких вкусных помидоров Ричард никогда не ел.

Вера же, наблюдая давно не виденные ею поля и перелески, посёлки с домами и садами, думала о том, какие они всё же с Ричардом разные и какими разными глазами они смотрят на места, в которых она выросла и стала тем, кем стала. От воспоминаний у Веры щемило сердце.

Вера попыталась посмотреть на пейзажи, сады и домики ричардовыми глазами и, как бы надев воображаемые "ричардовы" очки, долго молча смотрела в окно, пока они ехали. И это сработало: пейзажи стали пасторальными, лохматые сады и домики стали почти игрушечными и умилительными.

В их саду всё так же, как всегда в верины детские лета, пахло ещё несозревшими яблоками. Яблоки висели и медленно наливались соком, по ночам неярко сияя в темноте сада, и Вера помнила, что до Яблочного Спаса яблоки есть нельзя, но не помнила, что именно за объяснение этому слышала когда-то от своей бабушки: то ли умерший ребёночек на том свете от этого как-то пострадает, то ли ушедшие предки...

Верина мама стремилась и накормить Ричарда, и рассказать ему как можно больше об их крае, и всё упоминала царицу Екатерину и поселения, которые та когда-то основала.

— А Екатерина же немка была по происхождению, — сказала к слову Надя.

— Да, точно, — подхватила верина мама. — Видишь, как оно иногда всё в жизни складывается... Немка, а царицей всея Руси работала. Наша Вера — украинка, а с немецким Ричардом в Германии живёт...

Они все, следом за Верой, называли его не Рихярд, как по-немецки правильно, а именно Ричард. И Ричард за время жизни с Верой так к этому привык, что нисколько не возражал.

34

– О-о-о... Какая ты красивая, – говорили они хором Вере, когда она утром выходила к завтраку в какой-нибудь простенькой блузке и джинсах.

– Тебе это так идёт, у тебя такие красивые кофточки... – веснушчатая Лиза подходила к Вере и обнимала её за талию и, подняв голову, всё рассматривала цветочки на простенькой вериной блузке.

А Надя смотрела на Веру и говорила с восхищением в лице:

– Слушай, Вер, ну правда, ты прям как настоящая европейская женщина.

Вера, улыбаясь, перевела это Ричарду. Ричард моментально оживился лицом, от удивления поднял брови, а потом спокойно и гордо сказал:

– Вера гораздо красивее, чем любая настоящая европейская женщина.

И мама Веры наклонялась к ней и говорила вполголоса, пока Ричард внимательно рассматривал фотографии вериных предков на стенах:

– Вера, ой, ну, он хороший. Он мне понравился. Немерзавец. Береги его.

И тут же шла показывать Ричарду кто есть кто на фотографиях и говорила с ним снова громко, как со слабослышащим: „Верас гросфатер, Верас гросмутер“...

Верина мама всегда следовала одному из основных правил своей жизни: приехал дорогой гость – надо его кормить, любить и жаловать. А мужчин она всегда условно делила на мерзавцев и немерзавцев. И обращалась с каждой из категорий соответственно.

35

В один из дней после обильного обеда, когда знойное солнце особенно медленно катилось по небосклону и ничуть не обещало прохлады, Вера и Ричард решили отдохнуть в доме, спасаясь от жары. Мама позвала их в спальню, где по ночам спала теперь одна и, задёрнув занавески чтобы не палило солнце, сказала:

— Ну полежите вы тут в тенёчке, а то и правда, уже и мухи от духоты не летают. А я там, в маленькой прилягу, почитаю.

Они полулежали, оперевшись на высокие квадратные подушки, на кровати, застеленной огромным покрывалом с крупными красными и розовыми пионами, и вдвоём отражались в зеркале платяного шкафа. Вера смотрела в зеркало и думала: "Вот какая интересная штука – жизнь. Иногда невозможно предсказать, как повернётся её сюжет и наперёд неясно, каков будет её жанр – трагедия, комедия, детектив или комические куплеты. Мог ли Ричард, рождённый во Фрайбурге и учившийся в Берлине, подумать, что когда-нибудь будет лежать здесь со мной на этих красных пионах?"

Тут дверь в комнату тихонечко приотворилась и лукавый глаз Лизы зыркнул на Ричарда и Веру.

— А вы не спите? – Лиза просунула голову и явно

хотела проникнуть к ним поближе, говоря шёпотом только для блезиру.

— Лизунчик, ну заходи, — сказала Вера, и как только она это сказала и Лиза вошла, в проёме двери тут же появилась Надя и тоже с любопытством во взгляде заглянула к ним. Вера подвинулась, чтобы Лиза присела к ней на постель, следом присела и Надя.

— Ну идите к нам. Надь, а ты расскажи, как там твои женихи.

— Да никак. Все какие-то не такие... Я не верю уже в знакомства по интернету... Мне кажется, они все дешёвую рабочую силу себе в дом ищут, потому что европейки им не по карману...

— Да ну, брось, — отпарировала Вера. — Они же разные. Возможно, бывают и такие. Но ведь не все. Вот у Ричарда есть знакомые... все приличные люди... К нам недавно его бывший одноклассник в гости приезжал, школьный учитель, высокий, симпатичный, разведён... Кристиан, ведь не женат, да, Ричард? — Вера перевела ему кратко.

— Так может через Ричарда взять их и познакомить? — тут же произнесла Лиза, глядя на Веру простодушным взглядом, в котором сквозило удивление "и что же эти взрослые не видят такого простого решения проблемы?"

Вера рассмеялась и спросила Ричарда:

— Как думаешь, Кристиан хочет ещё раз жениться?

— Кристиан? Мой школьный друг? Я не знаю, — ответил Ричард серьёзно и удивлённо, — он мне ничего такого не говорил... — Для Ричарда вопрос был полной неожиданностью, Ричард явно не мог установить связь между лежанием на покрывале с пионами и неожиданным интересом к Кристиану.

Тут в комнату вошла верина мама и, уперев руки в боки, как ей было свойственно, сказала:

— Девки, а вы что ж это не дадите гостям отдохнуть? Облепили Веру и Ричарда со всех сторон... — И тут же сама присела на край кровати с другой стороны, окинув Веру и Ричарда тёплым и каким-то хозяйским взглядом, словно одобряющим происходящее, говорящим, что вот так оно всё в порядке. Ричард хотел было встать, почувствовав себя неловко в полулежачей позе, но мама тут же отреагировала властным останавливающим жестом и репликой-приказом:

— Лежи-лежи-лежи, Ричард. Я с краешку тут присяду.

— Ба, у них там неженатых много, тётя Вера говорит, и мы вот тут думаем, как бы мою маму с каким-нибудь немцем познакомить, — заговорила Лиза.

— Да не с каким-нибудь! — моментально включилась мама, — а с хорошим, с порядочным, а не с мерзавцем! С нормальным человеческим лицом, который будет Надю любить, вот как Ричард любит нашу Веру. — И мама, говоря это, постепенно повышала интонацию для большей убедительности в глазах дочерей и внучки и показывала на Ричарда рукой, словно на неодушевлённый предмет.

Ричард полулежал на пионах, слушал, наблюдал за лицами и жестами, ничего не понимал и улыбался.

36

Вернувшись из отпуска, Вера стала жить предвкушением нового учебного сезона. Лето продолжалось, и её следующий класс должен был начаться только в августе. Думая о выходе на работу, Вера думала и о Михаэле. Она вспомнила, как он говорил ей, что его интересуют „полноценные отношения“, а не интрижка на короткий срок, и подумала, что, вполне возможно, он за это время познакомился с какой-нибудь симпатичной жизнерадостной фрау и о Вере и думать забыл. Эта мысль вселила в неё умиротворение.

Выйдя на работу, Вера стала проводить свои паузы прямо в классе, пока там никого было, обедая кофе и бутербродами, принесёнными из дома. Михаэль понял, что она его избегает, так как знал, что Вера уже там и ведёт уроки. И когда они снова случайно встретились, Михаэль выглядел задумчивым, с немым вопросом в глазах. В тот день они так и не успели поговорить в перерыве, но нечаянно встретились ещё раз вечером, уже после рабочего дня на выходе из комплекса.

Шёл дождь и Вера как раз открывала зонтик. Михаэль возник неожиданно для Веры и произнёс:

— Давайте я Вас подвезу, мне как раз по дороге. У Вас обувь не по погоде, Вы промочите ноги.

И, не дав Вере опомниться, он взял зонт из её

руки, раскрыл и понёс его над ней, увлекая Веру за собой к парковке. Вера последовала за ним, не желая намокнуть под хлёсткими струями и одновременно думая, что это тот же расчет, что и с кофе-автоматом – он это подстроил, он словно сам и сгустил тучи над целым городом, чтобы заполучить Веру хоть на десять кратких минут пути в своей машине, на своей территории, где будут только они.

Ехали молча. Вера внутренне напряглась и, ощущая это сковывающее внутреннее напряжение и волнение, думала про себя, а всё ли правильно она делает. Не ответив ещё себе самой на этот вопрос, Вера услышала слова Михаэля:

– Я мог бы возить Вас, если Вы захотите. На работу и обратно. На автобусе – это так непрактично... – Лёгкая нотка несерьёзности звучала в этой реплике, оба знали, что Вера предложение не примет.

– И что я буду с Вами делать, если Вы, пока будете меня возить, возьмёте и в меня влюбитесь? – Вера решила усилить шутливость момента, чтобы не нарастало и без того томительное для нее напряжение между нею и Михи.

– Поздно. Я уже влюблён. – Михи был серьезен и на Веру не смотрел.

И у вериного дома он, не подавая повода думать, что сейчас ещё на что-то рассчитывает, попрощался с нею вежливо и кратко. Вера вышла, и он, замигав огнями поворотников, сделал разворот на сто восемьдесят градусов и поехал в совсем другую сторону – к себе домой.

37

А ночью Вера не могла уснуть. Ричард ещё вечером заметил, что она чем-то озадачена, и спросил, что её тревожит. Вера ответила, мол, да так, новые ученики, новые хлопоты. Её беспокоило то, что она снова была выбита из состояния душевного равновесия.

Михаэль, казалось, стал занимать всё больше и больше места в её душе. Для Веры уже не было новостью, что он в неё влюблён, но для неё стало новостью то, что она потеряла свой покой, который так ценила. Она лежала в постели с Ричардом и думала о Михи.

Утром она приготовила себе термос с кофе, чтобы не ходить к слону. И уже на автобусной остановке заметила, что так и забыла термос в кухне на столе. Прийдя к кофе-автомату в обед и получив свой стакан капучино, она тут же поспешно ушла, боковым зрением видя, как Михи выходит из своего крыла и движется в её направлении. Она торопилась, он не успел.

Ночью она снова не спала, всё вспоминала лицо Михи и тон, с которым он сказал ей те слова, и сердце начинало биться у неё в где-то горле. Спать у неё не получалось и Ричард всё гладил её ласково по спине, ощущая её беспокойство сквозь свой ровный, как всегда, сон.

На следующий день она всё же взяла с собой кофе, но в перерыве так и не достала термос из сумки. У неё просто не было аппетита и она всю паузу провела в своём кабинете, отвечая на накопившиеся электронные письма и разбирая бумаги.

Снова бессонная ночь, снова мысли о Михи. Вера вспомнила одну, знакомую ей откуда-то, наверное, из юношеского фольклора примету: если тебе ночами не спится, это значит, что кто-то видит тебя во сне. Она также вспомнила, как однажды заметила в айфоне Михи свою фотографию. Она сначала думала, что ей это показалось, но потом, когда он показывал ей фото какого-то небоскрёба как иллюстрацию одного своего проекта, она просила его:

— А что это у Вас за фото там, в начале альбома?

Михи сначала не понял, а когда понял, смутился. И машинально пряча айфон в карман, ответил:

— Я скопировал фото из фейсбука. Что, нельзя?

— Ну как? Вы же немец, Вам, конечно, нельзя, да! Копирайт, защита данных, приватсфера и всё такое! — Вера говорила это строго, но внутри себя озорно смеялась.

— Я могу удалить, — сказал Михи и вынул было телефон из кармана. Вера поняла, что он, немец, так и сделает, и что даже маленькую вольность он позволяет себе только вместе с мыслью о том, что это ненадолго и что он никогда не попытается идти против правил и законов.

Фотография Веры так и осталась тогда в его айфоне и значит, он смотрел на неё иногда, думала Вера. И ей было остро-приятно, до щекотки в груди, думать эту мысль.

38

Теперь она стала ощущать своё чувство к Михи и как свою власть над ним. Да, она ощущала и то, что сама эмоционально зависит от мысли о том, что он её любит: ей так нравилось быть любимой именно им. Но и она словно владела им, его чувствами, и это ощущение собственной власти питало её, придавало даже физической энергии.

И была определённая ирония в том, что Ричарду от этого пира чувств перепадало ещё больше любви от Веры. Она с ещё большим наслаждением целовала Ричарда в губы, закрывая свои глаза, дарила ему ещё больше ласки в постели... А потом, бессонными ночами думала: "ну почему это не может быть всё в одном флаконе? Почему Ричард не вызывает и никогда не вызывал во мне тех чувств, что вызвал Михи? Может ричардовы флюиды другие? Нет, он любит меня так, как только может... Значит, дело во мне..."

В этом чувстве для Веры было нечто очень пугающее, в нём словно содержалась угроза. Признаться самой себе в том, что это – любовь, для неё означало бы признать себя психически ненормальной. У неё есть всё, ну почти всё для счастья: муж, пусть не богатый, но и не нищий, и он её любит, у неё есть любимая работа, за которую ей ещё и деньги платят и уважают, она здорова, у неё ещё много благополучных лет впереди – это ли не счастье? Что же это за потребность, которая ещё не удовлетворена? Что это за блажь?

"А вот я не знаю, что это такое – сумасшедшая любовь. Мне этого никогда не было нужно. Мне всегда важно было, чтобы со мной рядом был человек, с которым я подниму своих детей. И папа ваш всегда таким был. Все остальное – блажь. Блажь." Вера помнила эти мамины слова, что отпечатались в её памяти навсегда. „То, что со мной происходит – именно блажь,“ – думала Вера. „Порок характера, ипохондрия, дурь, каприз, прихоть, душевный изъян, сумасбродство, несдержанность...“ – Вера перечисляла как заклинания слова, казавшиеся ей близкими по смыслу к маминому такому меткому определению. Словами она мысленно словно хотела очертить меловой круг защиты вокруг себя. Защиты от чего-то, что могло стать сильнее её и погубить.

Помогало это ненадолго. Сердце билось в груди, в горле и в языке. Глаза, уставшие, сухие, нуждающиеся во сне, упрямо смотрели в темноту.

39

И снова в четверг была сауна и Марина. С ними в бассейне ненадолго оказалась немка с ультракороткой стрижкой на голове и абсолютно безволосым телом – ни одной щетинки не было ни на лобке, ни подмышками. Волосы были выкорчеваны бесследно, явно восковой эпиляцией, и было что-то неприятно-неестественное в этом немолодом уже теле с элементами искусственной инфантильности, неразвитости, словно бы ущербности.

– И вот мешали они ей, мешали? – Вера с интонацией профессора Преображенского, который отчитывает Шарикова за разодранное чучело совы, тихо прокомментировала немку с лысым входом во влагалище, когда та ушла из бассейна.

– Боди-чек. Мода такая. – Отпарировала Марина. – Даже не мода, новый порядок. Сверяться с журналами, в которых прописано, где положено иметь волосы, а где нет. Но знаешь... само это их стремление следовать порядку, то, как именно они это делают... это так... как бы это сказать... niedlich... Есть в этом нечто по-детски трогательное, ты не находишь? Ты же видела, они заходят в сауну и первым делом аккуратненько переворачивают песочные часы. Не засеки она время, как она может быть уверена, что она всё делает правильно? Им даже в сауне главное – не ощущения, не парилка, а правильность, порядок... Они как послушные дети, которые всё ждут Деда Мороза, который их за правильность обязательно вознаградит...

В воду вошла другая немолодая немка, со следами бурной молодости на теле: обильные и несколько угрожающие татуировки украшали её крестец, предплечья и лодыжки.

– Слушай, а вот депрессия, это что за зверь такой? Мне тут и Ричард, и ещё один знакомый с работы рассказывали, что их бывшие депрессией страдали, таблетки глотали.

– Это чистый манимейкинг, – произнесла Марина равнодушно, – Раньше не было фармацевтических концернов, не было и депрессий. Сейчас, когда можно на этом хорошо заработать, население обильно кормят таблеточками.

– Но диагноз такой существует, клинически?

– Разумеется. Но не во всех случаях таблетка – единственное решение. Депрессия часто развивается из-за неумения построить желаемые человеческие отношения, в которых мы удовлетворяем потребности. И вместо того, чтобы научиться строить гармоничные отношения, удовлетворять потребности и получать удовольствие от жизни, болезный пьёт таблетки, бессознательно пытаясь переложить с себя на таблетку ответственность за неумение решать жизненные задачи. Сейчас есть таблетки уже от всего – и от вялости, и от гиперактивности, и от бессонницы, и от сонливости, и от «неправильных» мыслей, если хочешь... Стоит диагностировать ребёнка как гиперактивного или оппозиционного, и всё, он твой; и чтобы от одного препарата отвыкнуть, нужно принимать другой... Не слыхала о таком диагнозе – „вызывающее оппозиционное расстройство“? То же самое с депрессией. Фармаконцерны же сами лоббируют и нововведения в диагностических руководствах для врачей и психиатров, дабы те прописывали их таблетки как единственное решение проблемы. Это многомиллиардный рынок.

– И ... неудовлетворенная потребность в чём имеется в виду?

– В общем и целом – в любви.

Вера слушала Марину и плеск воды и вспоминала ту чёрную дыру чувств, в которую она попала после Валерки. „Это и была депрессия", – думала она. „Я выбиралась из неё тогда с маминой любовью. Потом был Фима, он меня словно переключил на совсем другое восприятие реальности и вылечил... " Теперь ненавязчивое присутствие и почти незаметная забота Фимы виделись Вере как лучшее из лекарств... „И да, после Валерки у меня была ужасно неудовлетворённая потребность – не только в любви, а вообще в доверии, которая потом была удовлетворена и восстановлена, и одному с этим действительно сложно...

Но а вообще... Какие могут быть депрессии, когда есть музыка? И книги."

40

И в один прекрасный момент – а момент был именно прекрасным – цвели японские вишни и веял свежий, ещё норовистый весенний ветерок, Вера осознала, что с ней просто произошло то, что обязано было рано или поздно произойти. Её способность и потребность любить просто спала в ней все эти годы, как спящая красавица. Или как замороженный мамонтёнок Дима под безмолвным слоем вечной мерзлоты. И не просто спала, а была под строгим запретом, вериным собственным запретом. И продиктован был тот запрет страхом, даже ужасом, пережитым Верой тогда.

Тогда, совсем давно, после драмы с Валеркой и неродившимся ребёнком Вера была настолько напугана этим своим опытом мнимого сумасшествия, что неосознанно зареклась снова когда-либо пережить такое сильное чувство. Она ни за что на свете не хотела больше пережить такие острые и терзающие душу боль и утрату. Она хотела быть нормальной, как все. И благоразумной, как её мама. Вера поняла, что она выбрала когда-то Фиму, потому что он точно, гарантированно, абсолютно не мог бы разбить её сердце. Она выбрала и Ричарда по той же причине – Ричард, сам того не зная, обещал ей безопасность, был гарантией ровных, спокойных отношений, без воспетых поэтами томленья чувств и сладостных мук и вместе с тем – без вероятности страшной потери, трагедии, смерти чувств, ежели что. Вера интуитивно пыталась самосохраниться.

Та тонкая, но прочная плёночка, которой затянулся когда-то вход в верину душу, словно растворилась теперь под воздействием невидимых флюидов михиной любви. И Вера досадовала, что эта плёночка не растворилась когда-то от ричардовых флюидов, как Вера предпочла бы для собственного спокойствия. И в то же время она упивалась, наслаждалась этим большим и красивым чувством, охватившим её, и которое теперь она повсюду носила с собой, как эйфорическую ношу. Носила, но и терзалась мыслью: "почему, почему я не могу этим чувством управлять?"

Веру мучила её ненормальность, её сумасшествие, эта открытая ею в себе вновь способность так физически, так осязаемо любить. Она чувствовала, как будто солнце зажглось в её грудной клетке и, как живое, теперь согревало и наполняло её светом изнутри. Иногда ей даже казалось, что тепло и свет этого солнца могут просочиться наружу и стать видимыми окружающим. Этого Вера очень боялась.

Потом Вера начинала сомневаться в этой любви, подвергать её критическому анализу и сомнению. Она думала, что, наверное, это какое-то неуловимое очарование мерзавца притягивает её в Михи, и означает это только одно – то, что она просто запрограммирована на любовь к мерзавцам, а Ричард – не такой, потому он и не вызывает в ней подобных чувств. И Вера искала в Михаэле черты и свойства мерзавца. Искала, силилась найти, но не находила. Он был решительно непохож на ту породу мужчин, что исключительно потребительски относится к женщине и, чтобы её добиться, включает всё своё очарование, а добившись, просто выбрасывает её как пару стоптанных кроссовок.

Потом Вера думала в другом направлении: "Да я всё это себе просто придумала! Всё это существует только в моём больном, ненормальном воображении – то, что Михи в меня влюблён. Я вообще склонна во всём видеть больше хорошего, чем его там есть. И из обыкновенного немецкого Рихарда я сама себе слепила Ричарда Львиное Сердце... Слепила из того, что было, а потом что было, то и полюбила... И с Михи – та же история..."

Но потом Вера снова наблюдала Михи и видела, что он млеет в её присутствии. И ещё пуще – ради неё блюдёт дистанцию, когда они на паузе не одни. К тому же Вера умела понимать людей ушами и всегда, даже неумышленно, воспринимала тональность, в которой Михаэль с нею говорил. И тембр его голоса, и то как тембр менялся. Вера всегда могла доверять своим музыкальным ушам. И знала, что такое невозможно было бы подделать. И что что-то невидимое соединяет их, неважно, пересекаются они во времени и пространстве, или нет.

"Но ведь это всего лишь биохимическая реакция", – снова думала Вера. – "Эндорфины вальсируют в мозгу и вызывают ощущение почти невесомости, нарушая, видимо, и баланс в интеллектуальной сфере. Вот и получается сумасшествие... Но почему в этом есть такая потребность? И почему в этом есть потребность не у всех? Почему у моей благоразумной мамы и, наверное, у тысяч нормальных женщин этой потребности, судя по всему, нет и они не сходят с ума, им неведомы эти изменённые состояния сознания, а я вот такая – аномальная? Это ведь то, что присуще характеру какой-нибудь неприличной женщины. Истерички, наверное... надо об этом спросить у Марины... Блажь это всё, одним словом... Блажь."

Вера вспомнила, как тогда, в пору её всепоглощающей влюблённости в Валерку, она думала: "какое это счастье – любить. Каким дружелюбным и счастливым могло бы быть человечество, если бы каждый человек был влюблён... Не было бы между людьми жестокости и злобы, не было бы зависти и подлости... Тот, кто влюблён, тот щедр и добр, он иначе просто не может." И теперь эти мысли снова были у Веры в голове и снова она ощущала, как душа её словно стала больше, увеличилась в размерах, словно бы сделалась вместительнее, просторнее, светлее...

„А он ведь просто человек. Мужчина. Как и все другие. Но какая невероятная разница! Разница по контрасту со всем подряд – с окружающими, с другими мужчинами, с другой жизнью... Вот его пальцы, руки. Здесь они есть, а здесь – уже воздух, их окружающий, то есть уже не он. Но как странно... Как странно, что он есть... Такой вот... тот, кто способен вызывать такое сильное чувство... Разве это не странно?

Ну вот. Слышала бы меня моя мама. Я ненормальная. Теперь уже это точно."

41

А внешне мир оставался в порядке. Ричард исправно ходил на службу, принося оттуда новости о кризисе, ненасытных банках и элитах, занятых только собой. Веру мало интересовали эти материи, но её умиротворяло присутствие Ричарда, его бархатный баритон и плавная спокойная речь, ей было важно знать, что планета по-прежнему вращается всё в том же ритме.

Однажды в выходной, лёжа у себя на террасе в шезлонге и нежась на солнце, Вера на мгновение отвлеклась от мыслей о Михи и незаметно для Ричарда посмотрела на него из-под козырька надвинутой на глаза бейсболки. Ричард сидел на стуле в тени, так как его бело-розовая кожа арийца выносила солнце лишь недолго. Он читал какую-то большую, мужского вида газету и был чтением поглощён. Вера стала наблюдать за ним, оставаясь незамеченной и тут увидела, как он, не зная, что она его наблюдает, тоже бросил на неё взгляд. Взгляд этот был деловитым взглядом хозяина, словно проверяющим, лежит ли на месте то, что он раньше туда положил. Во взгляде этом не было ничего кроме безэмоциональной функции проверки – так, на месте или не на месте? И если оказалось бы, что вопреки ожиданию то, что должно лежать на месте, вдруг не лежало бы, то этот деловитый хозяин также безэмоционально, казалось, предпринял бы действия по воцарению нужного ему порядка.

Этот взгляд Ричарда был так не похож на его обычный тёплый взгляд на Веру, и ещё – и Вера со странным холодком в груди подумала об этом тут же – этот взгляд был настолько другим в сравнении со взглядами Михи... Теми взглядами, какими Михи одаривал Веру всё это время то сознательно, а то украдкой... Что Вера от этой разницы оторопела. Она словно увидела своего Ричарда по-настоящему в первый раз.

Ей подумалось, что если бы она хотела, она могла бы обманывать Ричарда и, возможно, даже долго и без особого труда. Ричард ей абсолютно доверял. Но Вера знала, что в этом случае это её красивое чувство могло быть превращено в банальный адюльтер. Как вино можно превратить в уксус. И у Веры перед глазами представали набоковские героини, так жестоко и так рафинированно предававшие своих мужей. „Хочу ли я этого?“ – думала Вера, лежа, купаясь в лучах солнца и оставаясь невидимой для Ричарда под козырьком, – „Хочу ли я Михи? Да! Ответ – „да!“ Но не так. Вот так, живя с Ричардом – не хочу. Так, как набоковские героини, красивые, но похожие на жаб – ни за что.“

Потом они ели, и Ричард рассказывал ей о бильдербергерах, а в радио-новостях при этом объявили, что в Германии теперь отменён закон о приравнивании шума детских садов к индустриальному шуму и что стало быть отныне тем, кто живёт по соседству с детскими садами, придётся мириться с тем, что дети кричат и веселятся и уже нельзя будет пойти в суд и потребовать детский сад убраться вон. Вера, слушая вполуха, думала про себя „да, да, дети для них – это шум, траты и непорядок“, и всё вспоминала хозяйский взгляд Ричарда, который её давеча так поразил.

А ночью она снова долго не могла заснуть. И думала.

"Почему, почему любовь не может приходить по заказу? Вот есть у меня муж. Хороший, достойный, заботливый и верный, который любит меня, как он говорит, unendlich. Ну почему я не могу испытывать к нему такого волнующего кровь чувства, какое посетило меня вдруг, так не вовремя? Да нет, даже не посетило, а которое как волной словно смыло меня с пирса, где я мирно прогуливалась, ничего о возможностях волн не подозревая. Смыло меня прямо в море, в бурное и широкое море чувств, и теперь я словно влекома волнами куда-то и они явно сильнее меня..."

Вера снова чувствовала, как сердце бьётся у неё где-то в горле, в груди было тепло и щекотно, золотистым волнением трепетали её лёгкие. Она ощущала это чувство, лежала и думала: "вот так, наверное, чувствует себя воздушный шарик, стремительно взмывающий в небо. Я – шарик, летящий вверх. Воздушный шарик любви."

42

И как-то раз Вера заболела. Ничего серьёзного, наверное, просто накопившееся переутомление дало
о себе знать. И она пошла к врачу взять себе на пару
дней больничный. В приёмную следом за Верой тут
же вошла и села напротив одна немка и Вера стала
её наблюдать, раскрыв неинтересный пёстрый журнал для виду. Тут уж ничего не поделаешь и это
даже правила игры – мы наблюдаем их, они на-
блюдают нас.

Эта женщина чем-то неуловимо была похожа на
лошадь. Что-то лошадиное было в её подаче себя, во
всём её стиле. Ноги её были длинными и крепкими
и какими-то сухими и отчаянно неэлегантными, как
у лошади, которая имеет богатый опыт бега гало-
пом. Грудь крупная, и в смысле размера можно было
бы даже сказать – роскошная, но и она выглядела
скорее просто органом кормления, а не тем, что делает женщину женщиной в глазах мужчины. Эта
женщина была уже немолода. Но и не совсем стара.
Ей было, ну может быть, лет сорок пять. Одета она
была молодцевато, юбка была чуть короче, чем она
обычно бывает у её ровесниц, хотя немки вообще
носят юбки очень неохотно и неумело, и это выглядело на ней почти как вызов. Из-под юбки и торчали, именно торчали, длинные лошадиные ноги с
признаками недавней депиляции.

"Вот интересно, а зачем она живёт?" – подумала вдруг Вера. – "Просыпается, завтракает, как положено, булочками мит мармеладэ, ходит пунктуально на работу, работает где-то как положено, стрижёт свой газон, моет по субботам машину, приходит домой и бурчит на тему непорядка в доме, аккуратно оплачивает счета, воспитывает своих детей, изо всех своих лошадиных сил пытаясь сделать из них нормальных, опять же, как надо, членов общества... Зачем? С какой целью? Для того, чтобы народное хозяйство работало бесперебойно и чтобы экономические показатели радовали банкиров?"

Немка тем временем на всякий случай выключила звук в мобильном, как предусматривали правила поведения в подобных местах и, взяв журнал со столика, начала внимательно изучать его содержимое, закинув одну лошадиную ногу за другую и открыв обзору чуть более обширную поверхность собственных ляжек, чем нужно было бы для эстетического эффекта.

Тут же к ней подошла и села рядом другая немка, чуть помоложе, явно её приятельница, потому что они продолжили недавно начатый разговор. "Вот такую я уже видела недавно в одном журнале... О, это было класс! ...Лизелотте тоже готовила паэлью с моллюсками, один раз в никогда можно себя и побаловать, nicht wahr?..."

Эта вновь прибывшая приятельница была из другой породы женщин, она чем-то неуловимо напоминала скорее курицу, хотя была облачена в джинсы, футболку и в кроссовки без любого намека на женственность. Получалось немного странно: курица была ещё менее женственна, чем лошадь, потому что лошадь уже была явной неформалкой и бунтарём против маскулинизации в силу носимой ею юбки. Курица же полностью соответствовала неписаным стандартам внешности эмансипированной немки: ноль макияжа, почти униформенные мужеподобные одежды, очки, придающие излишнюю строгость и так лишённому мягкости лицу, никаких каблуков.

"Слишком ярко... кич..." – говорила курица лошади негромко, комментируя иллюстрации в журнале и Вера задалась вопросом и в отношении её: "А вот эта зачем живёт? Чтобы являть собою образец восторжествовавшего феминизма? И под джинсами у неё небось небритые ноги, ведь бритые говорили бы о её зависимости от мужчин, стало быть об отсталости и закабалённости... И вот она, молодец, соответствует всем актуальным предписаниям. И что дальше? Счастливы ли они, эти обе примерные дочери своих примерных родителей, родителей, которым всегда важно было, чтобы соседи похвалили их за хорошую работу – за воспитание правильных детей? Они живут день за днём, выполняют обязанности, платят налоги, вытирают ноги, выбрасывают отходы в раздельные мусорные мешки, пилят своих мужей за неправильно выдавленную зубную пасту и неправильно поставленные ботинки, панически боятся выглядеть неправильно в чьих-то глазах... Зачем, для чего всё это, какому высшему смыслу вся эта активная деятельность посвящена и подчинена? Это же не люди. Это функции рынка. Зачем жить и проделывать всю эту убогую по своей сути и утомительную работу, если не для любви? Зачем вообще жить без любви?"

„Ну хорошо, а вот лосось – он что, тоже ненормальный, когда он, раздирая о камни нежные свои бока, яростно идёт на нерест?" – Верины мысли сделали неожиданный вираж. „Он ведь прёт против течения только для того, чтобы дать жизнь своему потомству и, обессилев, тут же умереть. Или того хуже – ещё до того быть съеденным голодным мишкой, который знает, что лососи по дороге выбиваются из сил и становятся очень легкой добычей. Нет, лосось не ненормальный. Он так запрограммирован. Он таким создан. Он просто не может иначе, как раз иначе было бы для него ненормально. А человек? Разве человек не запрограммирован вот так же на любовь? Он просто придумал себе, что есть что-то, что важнее любви – соображения финансовой целесообразности, порядок, пунктуальность, эффективность, правильность... Он лжёт себе сам, лжёт и обкрадывает себя, как последний жулик... И лосось, если бы обладал интеллектом, тоже наверняка рано или поздно придумал бы себе банки, хедж-фонды, фондовые рынки, рейтинговые агентства, весь этот чёртов порядок и перестал бы идти на нерест и выполнять самую главную задачу своей жизни... А то, что люди впадают в депрессию без любви, – разве это не подтверждает тот факт, что люди точно так же на любовь запрограммированы, как лосось на свой любовный марш-бросок? И потому и нуждаются в ней и страдают без неё и ужасно тоскуют... Но разница между человеком и лососем в том, что лосось действует в интересах продолжения своего рода, а человек лишь в интересах банкиров, которым по определению всегда будет мало. Так и у кого же из этих двоих есть на самом деле интеллект?"

Ощущение странного тупика охватило Веру. „Жить, веря во что-то, хоть в феминизм, хоть в коммунизм, хоть в порядок, – как это должно быть приятно, хорошо и осмысленно, пока ты ощущаешь правость и правоту этой веры и чувствуешь себя на своём месте. И пока не замечаешь, что тем самым ты упускаешь что-то важное в жизни, то, что после определённого срока наверстать будет уже невозможно, а возможно будет уже только существовать – ходить по врачам и, посвистывая слуховым аппаратом, поедать торты с такими же отжившими свой срок любви стариками и старухами в вечных кондитерских. Как только ощущение правильности и этого своего места утрачено, какая горькая потеря и какое разочарование накрывает тебя так безжалостно... Как волна, с которой ты не в силах справиться, а можешь только захлебнуться и утонуть...“

Вера сидела в приёмной, смотрела в угол, в точку, где сходились две деревянные панели на стенах, оставляя между собой небольшой аккуратный зазор; Вера словно видела этот ментальный тупик, теперь материализовавшийся, реальный, зримый. Две панели, гладкие, мастерски сработанные, приделанные к стенам из соображений практичности – чтобы стулья своими спинками не оцарапали стены и чтобы стены при этом выглядели не просто стенами, а стенами декорированными – всё было именно так, как должно быть, как правильно. И Вера подумала: „Так и ритуалы, которым следуют люди, – они позволяют людям чувствовать себя правильными, нормальными, существами без аномалий, но от этого эти правильные люди вовсе не становятся меньше похожи на тупики смысла, на бессмысленные тупики. Жизнь без любви абсолютно бессмысленна, любой иной смысл жизни – это эрзац, обманка, фальшивая купюра, за которую ты не только ничего настоящего не купишь, но и рано или поздно будешь жестоко наказан...“

„Где и когда позволила я заразить себя вирусом

рациональности? Когда и где я подхватила эту хворь – стремление быть нормальной, быть как все, стараться угодить чьему-то представлению о правильности, нормальности и порядке?"

Врач вызвал Веру к себе в кабинет, произнёс дежурное "на что жалуетесь?" и, экономя своё драгоценное время, выписал ей больничный.

Вера уже не жаловалась ни на что, ведь теперь всё наконец-то было на своих местах. Она была счастлива носить в себе красивое чувство.

43

И в одно утро Вера проснулась от ощущения, что она беременна. Сквозь спутанные волосы она видела свет, пробивающийся через гардины с улицы, слышала шум машин и отдалённый радостный звон колоколов кирхи, как это всегда бывало по субботам. Вера ощущала эту свою беременность пока что отнюдь не в животе, и не в душе, и не в голове. Это чувство словно лежало мирно рядом. С нею рядом. На постели. Как маленький кусочек будущего. И Вера внутренне абсолютно спокойно это чувство восприняла. Как будто была к этому давно готова.

В последствии так и оказалось. Вера была беременна. И беременность она пережила как начало ещё одной новой своей жизни.

По непонятным до конца Вере причинам чувство её к Михаэлю пережило метаморфозу, словно тот электрический заряд её любви ушёл куда-то в землю, наверное, к какому-то другому получателю, который в нём нуждался. Это чувство отпустило Веру, но не до конца: любовь к ребёнку росла в ней словно из того сильного чувства, питаясь им, как растения получают питание из земли.

Это чувство любви к ребёнку было тоже очень сильным и страстным. Но по своему характеру оно было абсолютно лишено какого-либо элемента ненормальности или неправильности.

У Веры и Ричарда родилась девочка, которую они назвали Евой. И девочка эта стала для них центром жизни и её новым смыслом.

А через много лет Вера снова встретилась с Михаэлем. И теперь они могли быть вместе. Ведь вероятность этого существовала всегда, так уж в этом мире заведено.

Михаэль никогда не забыл той любви, да и как он мог бы её забыть? И вот они ходили, взявшись за руки, и при этом Вера знала, что она вполне нормальная и что всё, что с ней происходит – абсолютно правильно и хорошо. Потому что всё это – просто жизнь.

Тогда, в то лето Вера не могла об этом всём знать. Никто не знал. Никто не мог знать, потому что так уж этот мир устроен.

И в том и заключается прелесть жизни, что сюжет её наперед неясен. И неизвестно, будет ли это трагедия, комедия, детектив или комические куплеты. И мы не всегда сами до конца определяем жанр собственной жизни. Ну разве что лишь отчасти.

Но пока... Ричард подождал, пока Вера напьётся воды из минерального источника, подал ей руку и повел её, беременную и влюблённую в своё будущее, вдоль речной набережной.

Стояло уже которое подряд лето кризиса, пышно цвели розы.